Las inquietudes del hall

Las inquietudes del hall

Novela de ingleses coloniales

Alonso Quesada

Estudio de Francisco León

Apéndice de Clarín

LIBROS DE LA BALLENA

EDICIÓN Y CORRECCIÓN
Clara Buedo Sotoca, María Paula Durán Bolívar, Belén González Fernández, Lucía Guerrero Granados, Silvia López López, Sara Martín-Maestro Zamora, Berta Moreno Escobar, Yolanda Neira Peper, Rosa Rubiño Sáez, Marta Ruiz Espinel

DISEÑO
Spr-msh.com

DISEÑO DE CUBIERTA
David Sueiro

COMPOSICIÓN
Estudio Grafimarque S. L.

IMPRESIÓN Y ENCUADERNACIÓN
Kadmos

EDICIÓN ORIGINAL: Las Palmas, 1975

Máster de Edición UAM: Taller de Libros
www.librosdelaballena.com
Servicio de Publicaciones de la Universidad Autónoma de Madrid
Campus de Cantoblanco
Einstein, 1 - 28049 Madrid

ISBN: 978-84-8344-973-8
Depósito legal: M-8478-2025

Impreso en España

Organiza UAM UNIVERSIDAD AUTONOMA DE MADRID Colaboran FYL Machado Grupo de Distribución, S.L.

A mister y mistress Lewison,
en Sídney, con el recuerdo de
muchas noches del hall.

Uno

El hall de aquel hotel era, ciertamente, el único hall legítimo de la isla. Todos los demás simulaban halles más o menos ingleses, pero no tenían la imperturbable blancura esmerilada de aquel hall. Era un hall quizás como el de los grandes hoteles de Londres; bastante más reducido, pero de sustancia nacional idéntica. Salvaba siempre de toda posible ruina crematística al hotel. Ya no quedaban abiertos hoteles británicos. Finada la Gran Guerra, este hotel fue el verdadero sostenedor de los prestigios de Inglaterra en la isla como máxima maestra de hoteles coloniales. Acabáronse todos los hoteles ingleses; solo algún boarding house flotó, extraviado, en un rincón de la playa o entre los eucaliptos de algún pueblo montañés. El turismo menguaba, pero la invariable y eterna cola viajera refugiose íntegra en este hotel del hall maravilloso.

El alma del inglés colonial es un pequeño hall. Toda la cosa espiritual de su vida se concentra en el hall. La vida extranjera y lejana tórnaseles tibia y plácida por la correcta claridad del hall. Ningún lugar para digerir certeramente un rosbif como el hall. El hall evita la altura de la voz, el desmesurado ejercicio de las manos. El corazón se somete, el ánima se disciplina, la mirada se vuelve mansa como la de un buey y el pie es como si tuviera una perpetua zapatilla de baile.

El hall es una brillante pechera de esmoquin. Y ese botoncito de la pechera, ese botoncito luminoso, es en el hall como el eje del alma del hall: la lámpara central que pende del techo de cristales. Una inglesa colonial en el hall es siempre agradable y breve. Por la mañana, la vemos en el mercado con un cesto, un traje blanco y una pamela: absurda silueta de una mujer sin sexo expresivo; el zapato le arrastra como un aburrimiento. Pero a la noche, es como si biselara su figura para encajarla en este excelente marco del hall, que le prende el zapato y el ánima.

Gran reformatorio urbano es el hall. Ese tono bajo y uniforme de la voz británica nace del hall. Siempre ha existido en Inglaterra la clara teoría del hall. Hamlet mismo es la suprema profundidad del hall.

El hall de este hotel ha vivido del abolengo de sus anteriores halles. Es como el nieto de esa gran familia noble del primer hall. Guarda ese silencio exquisito de la cortesía británica y en todo instante espera el huésped espiritual que ahínque en su historia y la cuente.

Es orgulloso poseedor de unas blancas columnas de un blanco mate, como los cuellos de las mujeres del hall; de unos largos espejos; de unos sillones graciosos, con cojines de cretonas vivas; de unas donosas estatuas de mármol: una pequeña Grecia doméstica y sentimental que se aviene con el hall por una misteriosa razón de *baedeker.* Tiene el hall también una mesa femenina y ligera, con su papel de escribir: grabado el nombre del hotel con letra inglesa, con letra de ondulación grata, como la gracia de una miss en traje de etiqueta ceremoniosa por el hall. Todas las puertas se abren sobre el hall como para ver qué ordena la limpia mirada del hall. Nada se puede imaginar en el hotel fuera de esta corrección lineal de su hall. El hall es la vida perfecta de la colonia, una mansa vida sin cavilaciones.

Jorge Brown penetró, su primera noche, en este hall y se detuvo sonriente en la puerta. Jorge era un inglés, mozo todavía, pálido y bello, con una extraña elegancia gris que hacía sorprendente su figura. El rostro se le recordaba siempre, una vez visto. Mister Óscar Wilde, que no recordaba nunca el rostro inglés, hubiera hecho una justa excepción de este rostro.

Jorge permaneció un rato con la abultada maleta en la mano. Notábase que era fatigosa su actitud, pero la sugestión del hall iluminado lo mantenía absorto. Esparcía la mirada curioso. Todo estaba tranquilo. En la mesa ligera una miss escribía. Jorge descubrió súbitamente que toda la gracia del silencio se proyectaba sobre la nuca de aquella inglesa preciosa y blanca. Escuchó. La pluma de la miss acariciaba el papel con una ligereza de brisa de mar: tal como una falda británica de clara batista roza en las playas atlánticas la densa luz tropical. Jorge Brown clavó su mirada, húmeda aún de niebla, sobre el hombro inclinado de la miss. La muchacha volviose rápida y le sonrió interesadamente.

El reloj del hall sonó entonces las siete campanadas de la noche. Jorge tendió los ojos sobre el hall y vio que de todas las puertas salían como por ensalmo los huéspedes del hotel. Brillaron los esmóquines. A Jorge le producían, sin embargo, estas cosas corrientes de su vida de inglés, una extraña sensación en los ojos. Los ojos cegáronse un momento por aquel brillo de espejos negros que son los rasos del esmoquin, y que recogiendo la luz de las lámparas se la devolvían punzadora a su mirada sorprendida y turbia. Eran aún sus ojos, ojos de viajero que buscan la anhelada silueta de la tierra. No podía reposarlos bien sobre las cosas. Y de pronto sintió que la maleta le tiraba, con fuerza, del brazo, como recordándole el camino interrumpido. Número 14..., parecía decir la afanosa maleta. Número 14. Es el número que te han dado en el office. Vamos...

Y desapareció por las escaleras del hall hacia el piso bajo.

Llegó al número 14. Empujó la puerta y notó que todo el rumor del mar que estaba acurrucado en su cuarto se escapaba, como un lince, por la puerta entreabierta. Las piernas sintieron cómo se deslizaba entre ellas un lomo de piel fría: esa serpiente sutil que es el rumor de las cosas profundas cuando está encerrado muchos días en las cámaras pequeñas. El rumor se acumula, se adensa y se palpa entonces. La mano que se hunde en este rumor conserva largo tiempo una huella de terciopelo helado. Jorge Brown, a pesar de su sutileza, percibía estas cosas sin saber claramente la verdad de las sensaciones. Al abrir la puerta él creyó que se acercaba otro vómito rojo. Le hormigueaban las piernas, paralizábasele el aliento. El espacio del cuarto era duro, como si no existiera espacio, y la maleta fue, de repente, como si se le llenara de arena mojada. Hubo de soltar la maleta y acudir aprisa al lecho. Sin correr el velo del mosquitero, sentose en el lecho. Cerró los ojos. Volvió a abrirlos, y los ojos poco a poco se acostumbraron a la nueva luz. Después de un vago instante de inquietud pudo encajarse correctamente en la caliente noche africana. El aire del mar, entrando por la ventana entreabierta, le fue confortando los ojos.

Lavose ligeramente, sacó de la maleta el esmoquin, acicalose la infantil cabellera rubia, metió en el bolsillo del chaleco una petaquera extraplana y subió de nuevo al hall.

No había nadie en el hall. Lejos, en el dining room, presentía una blandura de rosbif aclimatado, una larga clavícula de señora inglesa y un temblor de gelatina sobre un mantel almidonado: esa gelatina de la mitad de las comidas británicas que tiene un charolado de tiesa pechera y un sobresalto de nalga regordeta y opresa.

Jorge Brown no tenía apetito ninguno. Paseó por el hall un rato. El hall estaba sonriente, pacífico. Jorge contempló las sillas, los canapés del hall. Quiso sentarse, pero no se atrevió. Los asientos parecían como en expectativa de otras asentaderas. Eran, sin duda, asientos tomados de antemano. Cada vez que Jorge se acercaba a uno sospechó que le decían: «Pídalo, está tomado».

¿Quién tiene la audacia de ocupar el asiento de un hall colonial, mientras los ingleses comen? Eran estos asientos como las mesas del comedor que ya están con su botella de Apollinaris preparada para un huésped determinado, su servilleta con un lazo enorme, su tarro de Fosferine... Al entrar en uno de estos comedores coloniales es necesario otear desde la puerta la mesa huérfana, que suele estar siempre en un rincón apartado y desapacible; la mesa para el eterno huésped de última hora, desde donde acechamos por muchos días el desahucio de la mesa simpática, la mesa que nos conquistó el primer momento que llegamos; la mesa que nos hurtó nuestro terrible enemigo, ese señor que siempre es idiota, lleno de inteligencia y repulsivo, siendo el verdadero dueño de la más simpática cordialidad.

Los asientos del hall estaban igual que estas mesas. Tenían ya el molde de los cuerpos de sus dueños, eran como un vaciado de estos dueños. Parecían desperezarse en un momento de holgorio. Estiraban imperceptiblemente los brazos y afianzaban las patas en el suelo, condensando, de propia voluntad, los músculos de sus miembros.

Jorge hizo un descubrimiento delicioso: un gramófono en un ángulo del hall. Sintiose con infantiles deseos de oír el aparato y lo hizo andar. Necesitaba una caricia lírica en el ánimo, aunque fuera plebeya o vulgar. El gramófono ronqueó; después tarareó un one-step sorprendente. Jorge tembló, apresado por un miedo curioso y humorístico. ¡Un one-step! ¿Pues no estaba el señor Caruso dentro del aparato? ¿Para qué son estos aparatos si no...? Un one-step. Bueno. ¿Quién había puesto aquella pieza bailable en el disco? Revolvió sonriente los otros discos. Todos eran piezas de baile. Quedose un momento perplejo. Luego sonrió regocijado. Una alacridad nueva, infinita, brotó en su espíritu y fue de tanto donaire el regocijo que el estómago despertósele como con una llamada de cóctel.

Corrió al comedor. En la puerta le azotó el rostro el masticado silencio de los huéspedes como una onda de polvo. Buscó la mesa abandonada y se sentó. La miss que escribía en el hall, echada de codos sobre una mesa cercana, lo contempló largamente. Después dejó sus codos y sacó un cigarrillo dorado. Jorge la vio perderse, envuelta en los velos azules del humo.

Comió bien, con apetito improvisado. Sintió que su pecho había hallado al fin un lugar propicio. Cuando llegara el nuevo día se hartaría de sol y de mar. ¡Cómo iba a cobijar sus pulmones bajo esa infinita manta caliente que les secaría aquella humedad de impermeable en que los había convertido la fatigosa niebla de Londres! Volviose a sentir con más alegría por la sospechada salud. El pensamiento, revoloteando contento, saltó al hall, junto al pintoresco gramófono, y sus labios se abrieron, sin querer, sobre la muchacha blanca que no cesaba de mirar su frente y acariciar con sus pupilas el invisible viaje de su corazón por todo el hall solitario.

Bajo las mesas del comedor asomaban los perniles de las damas. Los mozos cruzaban con el pudin, silenciosos, como en una película. Nada de rumor se percibía. Parecían los cubiertos engomados como las ruedas de los coches de lujo. Todo era de un silencio recalcado, insistente. Como si el silencio fuera conversación y grito, ruido de piernas junto a las sillas y golpes de cuchara en los platos hondos. La distinción del reposo y de la quietud era de manos metidas en los bolsillos de un pantalón de frac. La risa misma de las inglesas no se oía, era una risa petrificada, de inmóvil piedra preciosa. En la mesa más amplia una mistress enlutada leía una novela, abierta sobre el misal de una copa de vino. Jorge Brown comiose toda su larga comida y tornose satisfecho al hall.

El hall empezaba ya su noche. Unas señoras hacían punto inglés; otras fumaban. Un matrimonio, con marcado aire de pañeros de Manchester, leía la misma novela en dos ejemplares diferentes. Iba la lectura por la misma página, casi en la misma línea. El libro les producía el mismo deleite, la misma gracia. Florecíales la sonrisa un instante y se apagaba después para brotar de nuevo con idéntica intensidad. Jorge Brown creyó hallarse en su casa de Londres, como en su propio Londres, en un Londres, claro, más honesto, pero sin imitación. Solo aquel gramófono con su extravagante one-step lo desazonaba un poco.

Cuando todos los sillones estuvieron ocupados, ocupó él el sillón libre que, también, como la mesa del comedor, estaba oculto y solitario. La miss de la carta entró en el hall. Caminaba como una herida, pero respiraba un perfume de claridad infantil que Jorge halló desconocido. La muchacha, sin plegar la sonrisa que traía, fuese junto al gramófono y puso en ejercicio el disco del one-step. Un inglés anciano, rasurado y bello, invitó a la moza. Jorge estaba asombrado, pero casi conforme con su asombro.

La pareja inició el baile. En un momento, el hall se estremeció de bailarines; las señoras soltaron su punto inglés y sus cigarros. Y en una blanca ondulación iluminada convirtiose el pacífico hall del hotel.

Jorge vio entonces que el hall salía de su propia alma, como un lánguido y corporizado deseo de quietud y de temporada convaleciente. Y entornó los ojos fatigado. Oyó el trazo de la línea coreográfica en el aire y el estertor del gramófono que ahogaba su one-step en un ridículo suspiro. Le pareció que se dormía con los ojos abiertos, aunque le caían los párpados sobre los ojos con pesadez de leño. Le llegó un perfume de limpieza expresada, vehemente. La miss de la carta rondaba en silencio su figura. La sentía cerca, quiso verla, la veía casi, pero los ojos no lograban levantar los párpados rendidos. Pudo adivinar la sonrisa de la moza metiéndosele por la rendija de los párpados y esforzó su voluntad en el entresueño.

Abrió al fin los ojos. La miss lo miraba desde un sillón frontero.

—¿Para usted será muy extraño que, sin presentación, una inglesa se le acerque y le hable, señor...?

Jorge Brown dijo:

—Tantas cosas gratas he sentido en una hora que no puedo pensar en cosas de cortesía, señorita.

—Perdone usted. Presumo, no sé por qué, que viene usted demasiado solo y tras usted un deseo de paz. Quizás yo pueda ayudarle. ¿Está usted muy cansado?

—Un viaje largo, casi de turista de 16 guineas. Sin parar. Londres, Liverpool, Vigo, Lisboa, la Madeira...

—¿Viene usted enfermo?

—Enfermo.

—Yo también he venido enferma. Todos los ingleses del hotel están casi enfermos.

—Entonces —respondió Jorge— no hay peligro.

La moza sonrió con mayor simpatía. Continuó después:

—¿No baila usted?

—Bailo. ¿Pero cómo es eso del gramófono? No he podido comprender la grandeza humorística de ese oficio.

—¡Ah, es muy gracioso!, ¿verdad? Lo he pensado yo. Es una solución mía. Después de la guerra el dueño no quiere músicos. El turismo se ha debilitado algo. Los miércoles, los sábados y los domingos suele venir una rondalla del país y entonces bailamos con son de bandurrias y guitarras. Pero no era posible dejar de bailar ningún día. Y por eso mandé a buscar esos discos: hay two-step, one-step, tango argentino, foxtrot y un vals de Worsley. Y así bailamos también durante la semana.

Callaron y Jorge la miró de nuevo. Era bonita, leve, tierna. La expresiva limpieza de la muchacha le penetraba en el pecho como un aire purificado. La olió intensamente, la sorbió con los ojos y las narices dilatadas. La miss sintió la caricia interior y se dejó aspirar, encogida, como una criatura infantil en los brazos.

De repente la moza preguntó:

—¿Qué número tiene usted?

Jorge contestó lentamente:

—El 14.

—Junto a mí. Yo tengo el 15. Es en el piso bajo, debajo del hall; el mejor, porque el aire del mar entra más cariñoso.

Hizo una pausa. Levantose después, agitada, añadiendo:

—Voy a poner otra vez el disco. ¿Bailará usted...?

Jorge asintió inclinando la cabeza.

Y pronto se vio más dentro del hall. ¿Cómo era posible? La muchacha lo llevaba como si fuera el sueño breve del hall. Apenas ponía él gracia de su voluntad. Iba como en el medio sueño de antes, arrullado por la blandura del hall que se extendía ante ellos con una ilusión de playa infinita. Todo el hall lo miraba asombrado. ¿Quién era aquel extraordinario bailarín? Y al llegar cerca de los espejos de la pared, Jorge quiso mirarse y no pudo. Vio ante él la prolongación del hall, que era una cándida sonrisa abierta. Un camino tibio y confortable, sin variaciones y sin inquietud. Por primera vez comprendió la trascendencia naturista del hall. En él hay viento sano y aroma de incienso. El hall es la mañana y la tarde de un grato sanatorio.

Buscose otra vez en los espejos. No lograba verse. Solo la inglesita daba unas vueltas vertiginosas en los espejos, llena de luces raras, cortadas sobre ella. La muchacha era como una llama de colores artificiales. Entre la luminosidad de los colores bonitos se perdía. Jorge tornola a ver entonces desaparecer, como en el comedor, detrás del humo azulado. ¿Dónde estaba él metido? Perdió la conciencia, se cayó en el sueño. Cuando se sentaron, el silencio le traspasaba las sienes como un sutil alfiler de oro.

Hablaron otra vez:

—Señorita. Ha bailado usted sola, conmigo dentro.

—¡Dentro! —Y la moza quedó pensativa. Prosiguió—: No diga usted esas palabras. Soy un poco romántica. ¿Piensa usted por eso que me he enamorado de usted tan rápidamente?

—No. Soy yo el que de una manera involuntaria se ha metido. Al pasar, el espejo solo ha proyectado en él su imagen de usted. Estoy pensando que ya no podré volver a verme. Su espíritu de usted es un lugar delicioso.

—¡Un hall! ¡Un jardín! ¿Cree usted que un one-step tocado por un gramófono es cosa suficiente para unir corazones?

Jorge meditó. Luego dijo:

—Después de todo, la raíz de las cosas es siempre un poco grotesca, misss... misss...

Ella dio su nombre:

—Oliva.

—Miss Oliva, ¿es usted de Londres...?

—Soy irlandesa.

Jorge abrió los ojos sorprendidos, ardientes. El fatigado corazón agitósele como un juguete, las manos se le unieron en amorosa sorpresa. Por un instante sintió que le volvía la oleada caliente al pecho, pero apretó los labios con emocionada ansiedad y después de un silencio tímido murmuró tembloroso:

—¡Yo también!

Dos

Silencio. El hall tenía un medio sol mañanero que traspasaba el cristal del techo. Una pirámide de luz solar en el suelo y un silencio de ausencia. Los sillones estaban rozagantes, frescos, con los cojines como acabados de escardarles la lana: un hall fregado y libre de resuello humano. El doctor Cross llegó al hall, deprisa, bastoneando en el piso que sonó como un cristal duro. Sonrió el doctor a la mañana del hall y se sentó un momento, acordando su cronómetro con el reloj del hall. Luego levantose jovial y desapareció por la escalera del piso terrero. Entró en el número 15.

Oliva, en la cama, dolorida, exangüe, lo miró tristemente.

—¿Cómo ha sido eso, señorita?

Oliva respondió con una voz velada, gris:

—¡Nunca había arrojado sangre, mi querido doctor!

El doctor sentose junto al lecho y dijo sonriente:

—Pero ya la ha arrojado usted una vez. ¿Se asustó usted mucho?

—Un poco... —Y luego, como una niña desesperada

de temor, añadió—: ¿Qué vamos a hacer para que no arroje más? ¡Es muy malo, doctor, muy malo!

—Vamos, mi querida señorita Oliva, no tema usted. Todo es cuestión de ligereza. Cuando sienta usted cosquillas calientes en la garganta, cierre usted la boca, apriete usted los labios...

—Se burla usted. ¿Y si la boca se me llena de sangre?

—Tráguesela usted.

—Es usted un terrible humorista, mister Cross. ¡Me ha dicho usted tantas cosas absurdas en un momento! ¡Señor! Yo debo estar muy mala... En Londres no arrojé sangre nunca.

—En Londres no se arroja sangre, señorita. Los que pueden arrojar sangre en Londres están repartidos por todo el mundo templado.

—¿Entonces yo...?

—Es un percance peligroso, pero no mortal, mi querida miss Oliva. No tema usted. Paciencia, quietud, paz. Muchos días, meses... No sé. Veamos.

Levantose y descubrió la graciosa figura de la muchacha. Acercó precipitadamente la cabeza al pecho. Los senos irguiéronse. El doctor sintió cómo el pezón de un seno se encajaba en su oreja y exclamó:

—No tiene usted más que un pájaro encerrado. He sentido un picotazo en la oreja.

Oliva sonrió:

—Juega usted con la muerte como si hiciera prestidigitación con una baraja... ¡Gran humor, a sus años!

La anciana cabeza se juntó más recia al pecho. Oliva sintió un vaho de infinita tristeza, un amargor de sangre rezagada en la boca.

La cabeza del doctor le oprimía el corazón. El mal debía ser otra cabeza enorme, dentro. Sobre la fina piel del pecho arañaban los cabellos del médico. A Oliva le pareció como si la sangre cuajada, reseca, sobre la piel, le ardiera con un fuego de arena al sol. Por el hombro del médico contempló la playa, que se extendía, alegre, ante el ventanal entreabierto. La vida se le iba por las rendijas de las verdes persianas. ¿Por qué aquel sol tan espléndido no fue más bueno con ella? Y la vieja alegría de las noches del hall... Recordó a su amigo. ¿Y su amigo? Recordó su pasada vida gimnástica, deportiva: el gentil humo de sus cigarrillos... ¿Cómo en aquellos días la sangre no se había volcado? ¿Y ahora sí, que estaba tranquila sobre el lecho mirando al mar, escuchando la salud del mar?

El doctor Cross levantó la cabeza. Corrió al ventanal y abrió de par en par las persianas sobre la playa. Después dijo:

—Quietud. Vendrá una enfermera, señorita Oliva. No fume usted. No se mueva usted por muchos días. Pondremos la cama junto al ventanal. El sol hará el trabajo más importante. Y ahora..., ahora le voy a decir a usted una cosa desagradable, de una manera sonriente, claro... Usted lo comprenderá y no se apurará mucho... ¿Me lo promete usted?

—¡Estoy muy enferma, muy enferma! ¿No?

—No, señorita, no. Lo que le voy a decir a usted es otra cosa. Su amiguito de usted, ese amigo que bailaba con usted anoche, también ha amanecido enfermo. Está..., está más o menos... como usted. Voy a repetir el diagnóstico... a su vecinito.

—¡Mister Brown! ¡Mister Brown! ¡Mister Brown!

—Sí, señorita. Mister Brown, como usted, ha tenido esta mañana otro vómito de sangre.

Oliva calló. Hundió su silencio como un cuchillo sobre el lecho y creyó que el nuevo amigo taladraba la pared medianera con su mirada grande y humedecida. Sintiose de pronto enjuta, amarilla, impalpable. No percibió la huida del doctor, que cerró la puerta con estrépito, y se vio los ojos en el espejo del lavabo, unos ojos sueltos que se quedaron flotando sobre el aire, como huyendo del arroyo sangriento que la había iluminado al amanecer. Vio que sus ojos lloraban, solos, contemplándola desde lejos; que se marchaban por un camino más transparente que el de su pobre vida.

La playa entró por la ventana envuelta en un viento ancho y poderoso. La moza acurrucó su menguada figura entre los pliegues de las sábanas y atendió al ruido robusto del mar, que le pareció el aliento de un negro gigante. Removiose en el lecho y reposó la dorada cabeza en una imaginada blandura. El sol desgarraba las nubes grises de su amanecer y empujaba la tristeza, que despejaba en el cielo, sobre el desolado rincón de la cámara. Una mano se le posó a Oliva de repente en un costado. Angustiósele más el ánima y viose colgada sobre un abismo helado. El miedo le mojó de escalofrío los rubios cabellos, sueltos sobre la almohada.

Después escuchó al través de la recia pared de su cuarto un rumor de palabras alegres, regocijadas. Juntose a la pared, arrastrando tímidamente por la cama el cuerpecillo rendido. Auscultó en el muro. Clavó el oído, punzó la pared con el oído, hincándolo todo en ella. El rumor no acrecía, sino que se rompía antes de atravesar el muro: ahogábase en la tersa arena del muro. Separose. El rumor era de voces varoniles. A veces una palabra del doctor subía sobre las demás palabras y se quedaba rebotando detrás de la pared con un fuerte aletazo. Oliva no podía moverse bien. La arruinada figura le colgaba toda de los ojos, lo más vivo de su cuerpo. Una congoja repentina entrósele y lloró de arrepentimiento espontáneo por toda su pasada vida de alegría. Culpó a su alegría de su dolor y le hizo una larga mueca con la boca emblanquecida.

La cabeza volaba, volaba, como un gorrión sobre un tronco reseco. Sentía la moza cómo cercenaba el silencio el vuelo de su cabeza inflamada y tornose a la pared. Clavó otra vez los ojos y las manos arañando el estuco como si estuviera enterrada viva detrás de aquella pared terrible. Sorbía la fragancia marina y llevaba después el aliento logrado hacia la pared. Quería enternecer el muro, ablandar el muro con la infinita resistencia azul. Removiose de nuevo. Dilató las pupilas y se ahogó en la gloriosa luz matinal.

En el otro lado de la pared, Jorge Brown también estaba solo. No podía presentir la dolorosa ansiedad de su amiga. Por el ventanal de su cámara entraba igual el día, randado de oro, maravilloso y tibio. Era una inmensa paz cordial que lo instaba a agazaparse en ella. Oía el mar lejos y se lo imaginaba verde, con verdor luminoso de árbol de otoño. Una soledad dulcísima penetrábale en el pecho y se lo llevaba a una región silenciosa, de media luz y de aromas tenues. Acordose de pronto de Oliva y el corazón llenósele de un contentamiento extraño y vivo. Acercose a la pared instintivamente. Y con un secreto deleite palpó, enérgico, sobre el muro medianero. Aguardó un instante. Adivinaba la figura sutil al través de la pared. La pared le pareció un cristal que se abría. Volvió a tocar... La muchacha sintió la llamada y respondió, con su mano perdida y débil.

Jorge Brown escuchó entonces cómo el corazón se le rasgaba de emociones. Empezó a lloverle dentro del corazón la luz de la mañana, una lluvia rápida y continua, amparadora. De espaldas sobre el lecho envió al cielo la alabanza de su más pura mirada.

Y volvió a llamar. Y los dedos femeninos respondieron otra vez.

La salud, empero, estaba emparedada en aquel muro maldito. Los nudillos acariciaban el muro y las débiles vibraciones cruzaban la pared como palabras de ojos ansiosos. Oliva sonrió un instante. El amigo percibió la sonrisa sonando en los dedos. Oliva se quemó los labios de sol. Los rayos del sol se los sembraron de sangre y en el espejo del tocador proyectose un punto rojo como una herida del cristal. Oliva imaginó que la mano vecina se le adentraba cálida en el pecho e iba alisándola dentro, como bruñéndola de sana perfección el alma.

Continuaron los dedos la plática muda. Y los dedos amigos contestaron del otro lado, cada vez más ardientes y más fortalecidos.

Y el sol del mediodía les trajo del mar un sueño inverosímil y abierto.

Tres

Aquella noche en el hall hubo un comentario, correcto, breve. El gramófono estaba de luto. Mister Harrison explicó la romántica coincidencia, casi celebrándola. Pero el hall no pudo avenirse bien con el episodio. La señorita Oliva era irlandesa. El hall escuchó esta palabra distraído. Los ingleses abrieron el *Manchester Guardian* y se perdieron en el laberinto de las columnas. El hall hizo por olvidar este secreto.

Mister Harrison, como si la historia tuviese una pasmada emoción de cosa absurda, iba relatando al hall indiferente.

El regocijo cotidiano de la miss. La nota leve, más blanca, del hall. La gracia práctica de su gramófono. Esa pueril cosa que ella sostenía todas las noches alumbrándola con la mirada verde de sus ojos. La serena confianza en su tolerante alegría. Cómo se sometían todos, humildes, a la alborozada moza y cómo ninguno sospechó que la retozona sangre manchara el retozo más allá de los labios. El hall no puede penetrar estos íntimos secretos. El hall es solo un ojo claro, blanquecino, amable, sin desesperada ansiedad. Todo lo que pasa por el hall necesita la tranquila visión de un paisaje solitario.

Mister Harrison culpó al cigarrillo de la miss. La muchacha fumaba con un exceso nervioso que le traía el mal más aprisa. La sangre llegó a tirones; el humo del opio tiraba por ella con un esfuerzo de marinero que saca un trasmallo abundante. No era humorístico asegurar que la muerte de la señorita Oliva aguardaba en la playa, fumando, la hora propicia.

De pronto el hall recordó que en estos últimos días la moza era un perfil lechoso, con verdes reflejos que le daba la luminosa sombra de las pupilas. Puesto a recordar, el hall recordó también la fantasmal aparición de Jorge. Esa clásica aparición del inglés enfermo: que lo descompone la luz del hall y lo mete en una campana de cristal, como un hall pequeñito que aísla al hall grande de todo posible contagio. El señor Brown era el enfermo grave de todos los hoteles coloniales que el propio día de su llegada necesita arregostarse a un lecho de mantas escocesas. Uno de esos ingleses, enfriado, con sabor a leche frita, que suelen volcar en silencio todas las noches su copa de sangre.

Pero el hall estaba inquieto sin saberlo. El suceso truncaba la serenidad de las noches y ponía una nota roja en un ambiente blanco, que necesitaba sostener su blancura por todos los más aplastantes medios de la lógica.

Uno se aventuró a afirmar que el episodio, vulgar e insignificante, se repetía en aquel mismo instante en Egipto, en Tánger, en la Madeira, en Sierra Leona, en cualquier colonia que tuviera un hotel inglés y un clima discreto. El hall escuchó la afirmación y volviose a distraer enojado.

Las románticas damas encrespáronse sin embargo con el relato minucioso del señor Harrison. Y pronto se notó que fatalmente en el hall había como un imperceptible aleteo de la muchacha enferma. Las mujeres quedáronse suspensas un instante. Envueltas en el recuerdo de la noche anterior intentaban enfriar las emociones hablándose vanamente. El matrimonio de las novelas adquirió un aspecto inmóvil de cirios gordos sobre los cuales vibra una mínima llama. El temblor luminoso de las gafas era esta llama. Perdidos los dos en la lectura, iban sin compañía por el hall.

Un inglés largo vino del bar y echose, junto a una columna, en el más vivo sofá de cretonas. La sueca de la cara candente mostraba una pierna dura, que se le veía arder al través de la media de seda gris. Esta mujer tenía unos senos de hombre que tuviera senos de mujer, y era de una construcción fuerte y aldeana. Afirmaba con fuerza siempre los pies cuando se sentaba en el hall, y el seno perennemente hostil le ondulaba por toda la plebeya figura. Chupaba un cigarrillo, insaciable, como si succionara una herida sabrosa; cortábase los labios con el humo, pues era el humo, al pasar por el belfo enrojecido de violencia, como el filo de puñal de acero. Al mirar, parecía como si se desnudara ebria y enseñara, cegándolo todo en derredor, aquella linterna roja de su cuerpo. Veíasele arder la sangre a flor de piel, y el vaho caliente de su fuego proyectábase en las pálidas caras de los británicos como un aire de desierto árabe. El hall se encogía como un niño débil al paso de la sueca.

Aquella noche se fatigaba el hall de demasiado silencio. Los huéspedes yantaron con una excesiva quietud marchita. Desde el comedor vislumbrábase el pobre hall abandonado. De raro en raro cruzaban el hall las sombras grises de las enfermeras. El hall se refrescaba entonces del temerario fuego de la sueca. El reloj sonaba lento, paladeando la hora, las sordas notas de la hora, como si en vez de apartar el tiempo para otro día que volviera, se lo engullese, íntegro, para siempre.

Había luna sobre el mar, una luna opulenta y latina como una pingüe y desposada matrona. Y esta luz que envolvía al hotel en una cómoda caricia de velo cubría el silencio británico de una extraña excelsitud litúrgica.

Y así estaba todo de reposo y de paz cuando la brisa del silencio fue invadida por un ansioso viento que no era de mar sino de canto humano.

Llegaba al hall un rumor entristecido de salmodia. Cruzó por el hall y penetró en el comedor lánguidamente. Al oír la letanía inusitada el comedor quedose estremecido. El pudin se detuvo en las bocas absortas.

Las voces al salir del lugar de su nido dilatábanse y acrecían. Era un rezo emocionado e hiriente, una cantinela católica de religiosa súplica. Descendía el rumor y se elevaba en el hall desconcertado, expandiéndose por el comedor del hotel, hacia el constelado cielo. Canción de piedad desconocida en un hall que penetraba como una húmeda canción de la noche. Las inglesas no pudieron aguardar. Levantáronse prestas. Mas ellos quedáronse, flemáticos, a descascarar las bananas.

Llegaron las damas al hall. El hall estaba solo, pero lleno de densidad sonora. El gramófono, inmóvil y olvidado, parecía impresionar la tristeza llorosa del ungido murmullo. Los empleados del office atendían el rumor desconcertados. El rumor abrió un momento la gracia de su unidad y oyéronse voces femeninas que corrieron jubilosas por el canto. Las damas, más absortas, detuviéronse junto a las columnas y los trajes de noche se agitaron por la brisa que venía del mar. Quedaron las piernas visibles a la luz, como palos afilados y blancos, descubriendo la menguada tramoya de aquellas secas esculturas, rellenas de aserrín humano y sostenidas por palitroques, al igual de esas vírgenes de devoción celebrada.

La canción, llana y ardorosa, volvió a subir, y el rumor se iba rasgando y perdiéndose, tembloroso, por entre aquellos alambres vivos.

No podían sospechar el origen. Del cuarto del inglés enfermo parecía brotar la salmodia, pero no acertaban la razón de tan enternecida melodía. Sentáronse en el hall y notaron que el hall no estaba en su sitio, que algo profundo y amargo lo inflaba; el hall se movía ligeramente inquieto, mirando a todas las puertas, sacudiéndose la armonía oscura que cegaba su dulce claridad cotidiana. Pasmadas y arrebatadas escucharon las palabras de las enfermeras. También sonó la turbia voz del hombre enfermo. Levantáronse y se acercaron de nuevo. La voz llegó más dulce y clara, como un halago.

Comprendieron al fin. Era un salmo que pedía en la noche el júbilo de la salud quebrada; cantaba el milagro de los santos esclarecidos y suplicaba ardiente un lugareño sosiego, después de sanado bien el corazón.

Luego fuese acabando el canto y surgió la voz de Oliva respondiendo la oración, con un dejo fatigoso y fino; una escurrimbre de voz, malherida... El silencio cayó después sobre el hall más intenso, y oyéronse los menudos pasos de las enfermeras que se acercaban.

Los ingleses llegaban al hall entonces. Tropezaron con el desnivel del hall y se tornaron cenceños, sintiendo cómo lo yantado se les evaporaba en la idea del asombro. Los trajes ondearon sobre los cuerpos vacíos. Mister Harrison, más osado que ninguno, inquirió a las enfermeras:

—¿Son también católicos?

Ellas contestaron breves:

—Todos. Ellos y nosotras.

—¿También sois irlandesas?

—Sí.

—¿Pero la salud está tan mal que ya es preciso la súplica celeste? ¿No será posible llevarles al hospital?

Las enfermeras alzaron los ojos. Luego respondieron menos breves:

—Salud. Nada más que nuestro señor Dios dispone. Hospital, dispone el manager.

Entonces la sueca, con un gesto agrio, se acercó al gramófono. Sonó un foxtrot con desesperada alegría de colegial suelto. El matrimonio de la novela, apergaminado y tieso, cerró de golpe la última página de la historia.

Limpiaron los cristales de las gafas y sonrieron con un recóndito goce efusivo. La música del gramófono incorporóseles poco a poco al goce literario y, así, levantáronse devotos y diéronse a bailar gravemente, retardadamente...

Cuatro

Mi querido señor:

Gracias por el cuidado constante hacia mí.

Hoy he amanecido sin dolor en la espalda. El doctor Cross continúa asegurando que el vómito de sangre es una cosa bella, sin peligro.

El doctor Cross es bueno. Pienso que su gracia excéntrica es para consolarme, pero siento que de verdad me consuela cada instante que pasa y la recuerdo. No puedo creer que si el doctor Cross no se conmueve es por dureza de ánimo, sino que yo realmente no inspiro la amargura necesaria.

Me dice el doctor que está usted mejor también y que usted le pregunta siempre emocionado por mí. ¡Gracias, mi querido señor! Su voz está más fuerte que la mía. La oración de anoche alivió mi ánimo, por la oración y el consuelo de su voz. Yo confío en que este sol nos ha de renovar pronto la salud.

¿Sabe usted que en el Hospital Inglés no hay número para nosotros? No pueden llevarnos. El dueño ha decidido, pues, que nuestra curación se haga en el hotel...

Escríbame usted. No hago más que recordar la noche del hall y todas las gratas perspectivas que se nos truncaron.

Adiós, mi querido señor. ¡Qué extraña tristeza la de nuestro encuentro aquí...!

Oliva

P. S. Cuénteme su última impresión de Londres.

Mi querida señorita Oliva:

Ayer era el sonido de sus manos, hoy es el dibujo de sus manos. ¿Por qué estoy ya tan enfermo? Yo presiento que usted mejorará pronto. Yo apenas tengo aliento para escribirle.

El lápiz es pálido, diminuto. No es posible a mi mano —¡si usted la viera!— afianzarlo mucho, porque el pecho se fatiga.

La recuerdo a usted con esfuerzo. Me parece que no he podido verla bien. Si me contemplara usted ahora no me conocería nada. Aquí, enfrente de mí, está un espejo, y me veo como un muerto.

Yo no sé si usted tendrá recuerdos familiares. Yo no tengo ninguno. Soy un irlandés solitario. He vivido en Londres distraído.

Una noche después de la guerra —¡habría de ser después de la guerra!— me inundó la sangre la boca. El doctor de Londres me mandó a este rincón cálido. Llegué casi sano y no puedo explicarme la amargura de esta nueva acometida... ¿Y usted que hace tantos meses que se nutre de sol y de mar...? La salud es de una gran tristeza, señorita, porque no existe. La salud es como la felicidad: un sueño sin fin.

Piense usted algo en mí. Escríbame usted mañana. Escríbame usted todas las mañanas.

J. A. Brown

Mi querido mister Brown:

Su carta me llenó de tristeza. Me he despertado hoy con un ligero dolor en el costado izquierdo y aunque poco podía moverme me acerqué a la pared y le he llamado. Estaba usted muy silencioso. ¿Dormía?

Quién sabe si sanaremos juntos. Toda nuestra última vida ha sido de una misteriosa unidad.

No me dice usted nada de Londres. Acaso tenga usted razón de callarse. No se concibe ni el recuerdo de Londres con este sol. Yo veo a Londres siempre como a través de un cristal empañado. El sol no tolera la humedad en los cristales.

Ahora mismo siento una súbita tristeza, mister Brown, pero no parece de la enfermedad.

Oliva

Dos palabras, señorita Oliva.

Hoy no puedo respirar tranquilo. Esa tristeza de usted es la misma tristeza que yo tengo. Sobre la enfermedad, la tristeza...

Anoche, en un momento de embriaguez sentimental, intenté levantarme y acudir a su cuarto para verla. Se me está olvidando su cara.

J. A. Brown

El doctor dice que no sueñe tanto. ¿Pero podemos evitar el sueño? ¡Anoche he soñado con usted una cosa tan melancólica...! Íbamos por un camino de Irlanda, pero no era ciertamente un camino de Irlanda porque el sol ardía demasiado. Usted llevaba mi convalecencia apoyada en su brazo. De pronto, nos olvidamos del camino y seguimos andando, andando sin saber cuál era el fin. Los árboles, el paisaje entero, eran un dibujo borroso, extraño, como si el paisaje corriera veloz empujado por el viento. Como esos paisajes de los pintores de hoy que tienen unos colores raros, violentos, y que parecen mezclarse a cada instante con una agitada inquietud.

El doctor Cross dice que es anemia. Tengo ahora mucho miedo a morirme. ¡Si muriera en este cuarto mañana, pasado...! ¡Qué dolor! ¿No lo ha pensado usted?

Oliva

Estoy sospechando una cosa de usted. No me aventuro a decirlo.

No sufra usted, mi querida señorita Oliva. Después de todo, la vida no tiene una gran importancia.

Yo he venido a curarme sin mayor interés. He cogido el barco y he saltado después distraídamente. Busco la salud como el que busca una casa cómoda. Y digo: «Necesito una casa. Voy a buscarla. Si la logro, bien; si no la logro, otro día será...». Y doy un largo paseo por un camino de casas bonitas. Y me detengo ante una casa. ¿Estará deshabitada? En un instante siento el dulce deseo de que lo esté... Yo estaría muy bien en ella. Un balcón ancho sobre un jardín. Yo me sentaría en él por las tardes...

La ilusión es breve. Entro y me dicen que la casa está habitada, que lo están todas las demás. Siento entonces la suave melancolía del fracaso. Y aún, a lo largo del camino, el recuerdo me acompaña un poquito. Pero sigo andando. Al fin, en el despoblado, olvido. Y el despoblado me ancha el alma y vuelvo a pensar. ¡Qué inmenso es este espacio solitario...! Y crea usted, señorita Oliva, me gustaría entonces unir mi vida a esta soledad sin casas y andar siempre, siempre solo ante un horizonte infinito.

Estoy mejor; es decir, no estoy peor. Me va haciendo bien la tristeza. La tristeza es cómoda ante el sol y frente a un mar como el Atlántico. Ella va como un ave ondulando lenta bajo el cielo brillante.

Como la ventana está abierta, yo suelto mi tristeza hacia el mar para verla alejarse y volver como una paloma mensajera.

Tenga usted siempre esperanza. Cuídese usted. Yo me cuidaré también aunque no sea más que para verla, clara, un día.

J. A. Brown

¿Cuál cosa sospecha de mí?

Mi querido Jorge:

¡Qué hermosa historia cuenta usted de la tristeza! Hoy, hoy le diré cuál es la cosa que sospecho. Ya sé también cuál es esa tristeza que entra por mi ventana todos los días...

Hoy ha venido la sueca a saludarme. Es una mujer absurda, dura, pero interesante. Estuvo husmeándome en los ojos y después me dijo que ella no podía estar echada en la cama sola, sin ponerse a fumar un cigarrillo.

El doctor dice que es una mujer que solo tiene honrada la salud. Que es una salud fría, asexual. Que únicamente se moriría bebiendo mucho vino.

Ciertamente es así. Mi imaginación ha querido tocar su salud y aquí he sentido el contacto de un árbol enorme, uno de esos árboles que ya están hechos madera curada antes de salir de la entraña de la tierra... ¿Me comprende usted?

Hoy le diré la cosa terrible. Pero de un modo indirecto. Escuche usted. ¿Por qué no me escribe usted unos versos...? Acaso haya usted escrito muchos... ¿No ha escrito ninguno...?

Yo me pasé la infancia y me paso la juventud leyendo muchos versos. Mi madre es novelista y en casa siempre se ha vivido de una manera espiritual. Tengo una prima que es actriz. Ella estrenó una comedia de mister Barrie. Han telegrafiado para que venga mi madre. Se asustará mucho, pero yo quiero tenerla a mi lado. Hoy le envío una novela de mi madre: *Mabel*. Es la historia de una huérfana.

Ayer tarde los niños rubios que viven al lado del hotel estuvieron mirándome desde la ventana largo rato. Yo lloré mucho al verlos.

Oliva

P. S. ¿Ha notado usted cómo las pisadas en el hall resuenan como cosas del otro mundo? ¿Tiene usted ganas de volver al hall? No se olvide de mis versos.

Mi alma arde
en pura llama roja.
Solo mi alma vivirá como la llama.
El fuego es infinito,
y mi cuerpo arderá en este fuego.
Cuando no quede nada
la llama solitaria
será una luz en tu camino abierto...

J. A. Brown

Y si arde mi cuerpo antes, querido Jorge, ¿será mi llama suficiente luz para vuestra memoria?

Oliva

Cinco

El mar centelleaba de rayos de sol de junio. Los granos de la arena atlántica temblaban gozosos de lumbre, y el horizonte estaba tan cercano que se deshacía en espumas sobre la orilla. El sol tenía un magnífico estremecimiento sonoro y toda la isla parecía brotar del mar con la misma abundancia de su epifanía remota. El sol había apagado los vientos que se zambullían en el agua generosa, y el caliente mediodía podíase palpar como un seno. El silencio era de un nuevo goce primitivo: un extraño silencio trenzado de rumor luminoso que extendía el humano contento y lo fundía íntegro en las inmensidades del azul.

Las ventanas del hotel, lejos del hall, abiertas al mar, estaban como unos ojos sorprendidos y alucinados. Las verdes persianas brillaban con una alegría humilde, traspasadas de rayos, y la tea, bajo el verde limón de la pintura, crujía de amor recordando el bosque lejano. Un velero latino cruzaba el horizonte del mar. Cortaba la vela el silencio de los rayos solares, y el mar tembló con más centellas en su fondo.

Los niños corrían en la playa. Las cabezas rubias incendiaban los rostros blancos, de una blancura de nácar, y los graciosos pies descalzos relucían con las puntas de oro de la arena seca. Un grito infantil vertió su alegría sobre la playa; el juguete de un arco rodando por la arena trazaba las huellas de un camino largo, estrecho, onduloso, de serpiente.

Los trajes blancos tamizaban el sol, y sobre los vientres redondos, prietos, el sol iba poniendo el punzón saludable de sus rayos. Los niños remangábanse los trajes y las manecillas regordetas extendían sobre el vientre la eficacia de los rayos, rascándose voluptuosas el ardor áspero.

Parecía el rumor apagado de una campana enorme, el día. La paz gloriosa del mar llegaba a la playa con una halagüeña y material caricia. Los pies infantiles machucaban dulcemente la espuma y coronaba la risa el dolor de la espuma. En el resplandeciente metal del sol se proyectaba, solemne, el sano relieve de la tierra.

La sueca del hotel apareció en la playa envuelta en una sábana negra. Los niños se apartaron. La sueca descubriose ante el mar y la brisa marina la besó candente. Las carnes ilumináronse con un rojizo resplandor de incendio y los ojos de piedra azul y fría recorrieron todo el cuerpo de la dueña, como refrescándola. Contemplose el ceñido traje de punto, oprimiose con las manos los dos senos bruñidos y palpose luego las dos nalgas redondas y pequeñas, de andrógino. Juntó los brazos en una previa actitud de nadadora clásica y metió toda la sangre hirviente en el agua. La espuma ardió, borbotoneando, sobre la mujer, como si hubieran hundido en el mar un hachón llameante.

Los niños la contemplaron asustados.

La sueca, bajo el agua, nadaba locamente. Lejos, apareció la cabeza roja como un pedazo de sol apagado. Extendía los brazos, pulía el cristal del mar con el muñón de los senos y abría las piernas como unos brazos ansiosos de amor. Toda la sensación del mar la abarcaba y, enrollándose como una serpiente marina, sacudía la espuma a coletazos. Hundiose. Tornó a surgir y sonó como un prolongado silbido lejano. Un largo instante se tumbó sobre las olas como una muerta y dejose traer a la playa por las olas, cerrando los ojos al sol que la arañaba furioso.

En la amplia galería del hotel los ingleses devotos del hall acribillaban con sus gemelos el cuerpo humedecido sobre la orilla.

Pero la sueca volviose a entrar. Hundía ahora las manos en las olas, desesperada, con una desesperación arbitraria, histérica. Lanzó un grito agudo hacia el fondo del mar, un grito salvaje y apasionado, y se apretó entre sus manos montones de agua del mar; mojose los labios de espuma y la gustó con su lengua, y desató al fin la cabellera azafranada sobre el cristal azul. Solo llegó a verse la mancha bermeja en el agua como la sangre de un pez herido de un arponazo. Y corrió otra vez, ahora lejos, donde la cabeza era menos que un ojo. Y al fin trepó a una lancha de pescadores que se acercaba. Y ceñida de agua, transparente de mar, remó con los mozos marineros hasta la orilla.

Dio un salto de tigresa y se revolcó en la arena untándose de arena. La mirada ansiosa alargose luego sobre el mar; el pecho se le subía hinchado; el sol le secó la arena y, al ponerse en pie, erguida y brutal, el polvillo dorado le caía del cuerpo, como el de una mariposa profanada.

Aún tuvo aliento para volver a zambullirse, pero nadó fatigosamente, con un lánguido dejo de esclava. El cuerpo fuésele ablandando, enterneciéndosele, y, cuando salió, el rojo color de la figura habíasele cambiado en un rosa anacarado y fino. Caminó pausada hacia el hotel, llevando a rastras la sábana negra. Los niños se le acercaron entonces, mas ella les acarició las cabezas, distraída, al pasar.

Por un punto roto del traje asomaba un pezón, como una avellana.

Y aquella noche escribió Oliva a su amigo desde el lecho, y la fiel enfermera llevo la carta con una rosa dorada.

Mi querido señor Brown:

Esta tarde se ha bañado la sueca y ha sido verdaderamente para mí como un tónico extraordinario. Mis ojos se han fortalecido tanto que han podido mirar al sol sin desconsuelo. Es una mujer de roble. Agitó el mar de tan valiente manera que toda la tarde tuve brisa sana en el cuarto.

El doctor dice que podré levantarme pronto y salir en un sillón a la playa. Leo sus versos todas las noches antes de la oración.

Hoy va con mi carta una rosa, una rosa dorada. ¿Sabe usted quién me la regaló? ¿Recuerda usted al matrimonio viejo que leía la noche de su llegada una novela en el hall? La señora me mandó la rosa. Habían visitado hoy el campo, y vieron la rosa y la compraron para mí. Es curioso, ¿verdad?

Adiós. Mucha salud para mi amigo.

Oliva

Y Jorge Brown respondió en la mañana del otro día la carta de su amiga con unas breves palabras misteriosas:

El baño de la sueca, mi querida Oliva, fue para mí un peligroso espectáculo.

Toda la noche sentí en el pecho una espuma fría y pesada...

Seis

El hall creyose ya totalmente perdido. El destino lo había marcado con una cruz sangrienta. Era una persecución tenaz en estos últimos tiempos, una persecución cotidiana, terrible. Ya no tenía paz, ni claridad, ni reposo. El silencio era un jirón negro, colgado sobre una columna. ¿Qué tragedia se estaba forjando en las sombras? Porque ya el hall tenía sombras; un ceño largo, adusto, cayéndole sobre los ojos entornados.

La aclimatación del hall en aquel país hispánico fue de una labor premiosa, sutil. Un paso extranjero en el hall era censurado con la mirada silenciosa. Una voz, aunque fuera de inglés de Liverpool, hería la autenticidad del manager. Y así, lentamente, el hall purificose hasta el límite de las purificaciones. Y al entrar en él se dejaba todo apego meridional en la puerta, todo ejercicio disonante en el casillero del office. Un español que se llamara Ladrón de Guevara y Figueroa de Martínez Fernández de Córdoba y Amador de los Ríos necesitaba petrificar la sonoridad de su apellido en la tarjeta del casillero y entrar solo en el hall como L. Martínez o C. Ríos.

El hall se estremecía con la excesiva largura patronímica que consideraba como un importuno y grosero bostezo.

Pero aquella noche, todo el correcto esfuerzo imaginable fue echado por tierra con un estrépito de revolución latina. Puesto a pensar el hall en su acabamiento, nunca se lo imaginó espectacular, sino profundamente silencioso como era de su nativa condición: una muerte desteñida y pacífica, igual al de un color de anilina bajo mucho sol. Y al presentir el futuro que podía aguardarle si el destino no cesaba en su castigo, el hall cambió su blancura habitual por una lividez de difunto. Y viose, sin sentido, caminar hacia el paraíso eterno de los halles.

¿Qué le ocurría, pues? La señorita sueca se había extralimitado de una manera violenta, antibritánica. Era una perfecta bárbara del norte. Habíase atrevido a besar en pleno hall al *signore* Wladimiro Lamberti, un italiano injerto en yanqui, viajante de una poderosa compañía petrolera. El señor Wladimiro era un hombre bello, con un tipo cobruno de ambiguo napolitano. Parecía tallado en bronce; era, sin duda, un macho inadecuado a un hall.

Wladimiro llegó al hall en el instante lírico del gramófono. En la grave danza de los huéspedes aquel león dorado se había metido con una brillantez salvaje rasgando la mansa hipocresía del baile inglés. Por el lomo del hall cruzó como un escalofrío la voluptuosidad mediterránea del señor Lamberti.

La sueca lo creyó tan amplio como el mar y se zambulló en él con su acostumbrada incorrección desnuda.

Bailaban una danza de fuego que teñía al hall de sangre. Las inglesas miraron absortas la incendiada pareja. El señor Lamberti mostraba en tanto, detrás de su sonrisa de gallo, una dentadura de escaparate, blanca como la de un negro y afilada como la de un lobo. Y esta dentadura fue, con su chispa blanca, la propagadora del trágico incendio.

En una vuelta rápida, cuando la boca del señor Wladimiro reía con una gloriosa y presumida fecundidad de semental, la sueca perdió toda perspectiva del hall y estalló sus labios sobre la sonrisa irresistible.

En el acto el hall lanzó un alarido de miedo, y el señor Lamberti quedose corrido de vergüenza. Los huéspedes del hall levantáronse secamente y se perdieron por todas las galerías del hotel. La sueca desapareció de un salto por las escaleras del piso, hacia abajo, como buscando un infierno sin hall.

Los criados recogieron apresurados los muebles, corrieron las cortinas, cerraron las puertas de cristales como para librar al hall de esa corriente de aire maligno que debe ser un beso extemporáneo en el hall.

El gramófono acabó solo su one-step y persistió largo tiempo recalcando su estertor abandonado.

El hall se quedó solo; solo como un niño huérfano. En los pasillos murmuraban las voces del hall, como los parientes que han soñado con heredar al hall y descubren al fin que el hall dejó su fortuna para mandas piadosas. Mister Harrison quería buscar una razonable teoría. Aquello era tan desusado que no se alcanzaba ni a pensarlo siquiera.

El doctor Cross aseguró que aquella noche del hall y el *Macbeth* de Shakespeare eran las dos cosas más violentas que se habían producido en Inglaterra. Y se encontraron presos de una incorrecta y desagradable agonía que les aplomaba los pies y les hacía correr por el lomo un rápido sudor de esplín.

Habían tolerado la presunta historia de la sueca porque era una historia silenciosa. Aquellos paseos solitarios con algún español bajo las frondas del jardín tenían también cierto silencio admirable. El mismo espectáculo de las piernas, el espectáculo hasta las rodillas, lo disimulaba la media de seda que es asimismo silenciosa y suave. ¿Pero aquel beso en un hall? ¡Qué estúpida ignorancia! ¡Lo que es no saber hasta dónde llega un hall estilizado!

Mister Harrison no comprendía. Una mujer harta. Porque debía ser una mujer harta de besos, para quien el beso no ofrece ya sorpresas ni emociones. Pero el doctor Cross explicaba que el beso no había sido más que un exceso de salud.

Y mientras el hall esparcido por el hotel intentaba ahuyentar la memoria del escándalo y los amigos y albaceas del hall lo abandonaban ingratos, la sueca, encerrada en su cámara, apretábase la boca y la sien, que las dos cosas le brincaban con un estremecimiento de motor caldeado. ¿Qué porvenir le aguardaba en un hotel español? Porque el hall se quejaría al manager y el manager le diría de un modo breve, británico: «Señorita, he decidido cerrar el hotel y suspender el negocio». La sueca temblaba de desencanto y de rabia. ¿Aquel beso no hubiera estado mejor y más prolongado bajo la glorieta del jardín? Pero ya era irremediable.

Sintió sobre su cabeza el peso del hall; el hall caía rígido sobre su cámara. Y el silencio de las reflexiones lejanas de los huéspedes..., sintió la sueca que se volvía a ahogar con el melodioso salmo de los irlandeses. Y este rumor del salmo fue lo que la adormeció las sienes, y se fue quedando poco a poco echada al borde de una pacífica resignación.

¡Qué vida rota la del hall! Fue recta, monótona, almidonada. Y ya no era aquello un hotel inglés, sino una casa romántica llena de inquietudes. Los ingleses recorrían imaginativamente todos los halles ingleses del mundo. Y veían un hall en Londres magnífico, espléndido, con cien criados cuidadosos de la armonía blanca. Y otro hall en Gibraltar, y un español sentado en este hall con un sombrero pavero acorralado entre las piernas tímidas. Y otro hall en Egipto, con un criado egipcio, rasurada muchas veces la tostada piel para no descomponer la luz del hall; rasurado hasta la piel misma que se volvía blanca por el brillo de la navaja plateada. Y muchos halles más, y llegaron a tener casi miniaturas de halles en la mano, como cajas de bombones Cadbury, y sus almas de eterno hospedaje se llegaron a plegar, como unos labios hartos de malhumor y de día gris.

La vida en los hoteles coloniales era siempre como la agria mermelada del desayuno. El tibio silencio del hall donde la luz de la lámpara está haciendo continuamente una laboriosa digestión de luz. Y el carrito del café con sus llantas de goma que va de huésped en huésped en el hall como un perambulator con un niño dormido. Y la novela del hotel que está siempre en el hall, esa novela del forro verde oscuro que se titula invariablemente: *La casa roja, Los cuatro hombres del camino, Ivanhoe, El castillo del misterio...* El baile digestivo de todas las noches, el silencioso billar, el bar correcto de las borracheras interiores, el bar donde no se moja nada y hasta una gota de whisky que cae sobre la mesa se seca por un procedimiento de misterioso secante. Y el anteojo del corredor, que acerca el camino de los barcos ingleses en el horizonte. Aquel anteojo gentleman que todo lo allana y lo decora de silueta azul. Todo esto se perdía. El hotel entero con el beso de la sueca había crujido y el hall estaba erizado, amarillo, fatal... El beso onduló mucho tiempo sobre el hall. De vez en vez una lámpara temblaba y se oscurecía: era un aletazo del beso. Y los huéspedes, acorralados, se decidieron a hacer recuento de besos.

El matrimonio de la novela única evocó todo un ancho paisaje de besos. Treinta años de besos serenos. Primero, el beso en el Serpentine de Hyde Park, un poco juvenil, rozagante y osado. Después el otro beso en un tren de Escocia, emocionados al pasar frente a un viejo castillo. Los besos acumulados de los primeros meses. Luego el beso alternado en el boarding house de Liverpool, y, más tarde, aquel de despedida en el muelle, y el de retorno de África donde él estuvo siete años. Los besos insectos de las cartas: una línea graciosa de crucecitas negras sobre el irremediable *Mary* de la firma... Y el beso lento de los cuarenta años, beso de péndulo sordo, antes de dormir todas las noches.

El viejo matrimonio pesó, midió y examinó al través de su memoria todos estos besos correctos de su vida. Ninguno fue totalmente publicado, mas no hubieran desmerecido jamás a la luz. Pero aquel beso sin regla, en un hall y a un extranjero tan distante, no era un beso sino más bien un chupetón de fiera que acababa con todos los pudores del mundo y cubría de remordimientos la timidez de los demás besos legales.

La mistress del pelo gris también sufría dolor del beso de la sueca. El ordinario estallido había reblandecido la tiesura de su peinado. Quedósele el peinado como un campo herido por una centella.

El beso flotó durante toda la noche por el hall. ¿Por qué no habría sonado en la sombra? Era como el pájaro escapado de una jaula. El hall tenía un desconsuelo de jaula vacía, con la puertecilla abierta y un rábano ridículo cabeceando como un péndulo: la azarante movilidad del manager que iba y venía de un ángulo a otro ángulo sin encontrar el malhadado ratón del beso.

Mas cuando en la memoria de los ingleses se fue esfumando el beso fatal, los huéspedes tornaron al hall, silenciosos, alicaídos, con una apariencia de más consistente protestantismo. El reloj sonó las diez y las notas de la campana cojearon, y crujieron pesarosas las ruedas de la hora. El beso había buscado un asilo seguro en el corazón del reloj.

Un sueño previo flotó sobre el hall. Nadie atreviose a poner sus manos sorprendidas sobre el abandonado gramófono. Los ojos de los huéspedes caían avergonzados sobre el lazo de las zapatillas. Las cortinas cerraban las puertas como si taparan todo probable espectáculo frente al hall. Un momento parecía que detrás de las cortinas se besaban furiosos unos huéspedes imaginarios.

Fue la noche del beso. Mister Fisher apuntó en su libro de notas el comienzo de esta nueva era del hall. Todo el mundo mirábase aturdido sin acertar claramente el íntimo deseo que los dominaba. Querían volver a ver a la sueca. ¿Qué haría la sueca? ¿Y el señor italiano campeón del beso espontáneo? ¿Cómo estaría la mirada de la sueca en aquel instante? ¿Y el gesto del señor Lamberti?

Y junto a este recuerdo obsceno, el dolor de los días pasados: la pequeña tragedia que ardía bajo el hall. ¡Ah! El hall estaba cercado por el corazón y por la cabeza. Lentamente corría el reloj con su beso dentro. Y de pronto las luces se estremecieron y empezaron a menguar. Poco a poco enturbiose el reflejo y hubo un segundo de líneas rojas dentro de los cristales de las lámparas eléctricas. Apagáronse, al fin, y los huéspedes sacudieron la cabeza dentro del almidonado cuello. El beso había maleficiado también a la luz.

Pero el hall se inundó de blancura de luna. Vino por los largos corredores la dócil luz celeste y sobre el cristal del patio extendiose la castidad lunaria como un manto purificador.

Las enfermeras cruzaron sonrientes, con un pedazo de la regocijada historia en la boca. Bajo el hall hubo también el comentario preciso. Jorge Brown escribió a su amiga: «¿Sabrá usted el acontecimiento de la noche, en el hall? ¿Cómo es tan poliforme este señor Amor, que yo no he podido concebir nunca sino como un dulce sueño vivo?». Y Oliva respondió que no era el señor Amor verdadero, el mister Amor romántico y vendado, sino un emisario torpe de él, un falso señor Amor que no sabía utilizar con sutileza el beso.

Pero en el hall insistía sórdidamente la noche. Ninguno hallose con valor para rodar los sillones ni las piernas. El beso continuaba oculto, en procaz acecho. Ellos no sabían dónde. Las faldas por tal temor no se movían tampoco, y el punto inglés, amparado por la luz de la luna, tejía silencioso como si tuviese el tejido una respiración contenida y breve. Las luces de las lámparas permanecían mudas. ¿Era una prosaica avería de la fábrica o un terrible anatema del pudor?

Sumergíanse los huéspedes en el agua de la luna, como para refrescarse el sudor del beso candente. Dulce noche que sin el beso pudo ser como un cursi recuerdo en un lago. Todos los besos más o menos apasionados recorrían la memoria del hall. Ningún beso fue desmesurado nunca. Cada hora con su beso, como el té de las cinco.

Brotó una palabra inmediata, nacional: *shocking.* Aquel episodio más que inmoral fue shocking. ¿Pero realmente ellos tenían alguna complicidad en la historia? No, no. Ella era sueca y él un italiano yanqui casi tanto como esa ópera del señor Puccini que se cantaba con tanto entusiasmo en el Metropolitano. El hotel no se resignaba, empero. En un azaramiento extraño los huéspedes sentíanse invadidos de invisibles agujetas, como miles de besos mínimos... De nada servían ya los rincones discretos. Y aquella escalera del billar con la deliciosa trampa del lavatory. Y la glorieta final del jardín y aun el mismo zigzag de los pasillos.

Y no se marchaban. Y dolíanse de aquella extravagante humedad del hall y no podían levantarse. Y sonaron las once.

Los cajeros se dormían torciendo las rojizas testas con una pesadez de caja de caudales resistente al fuego.

Un inglés adelantó su cama envolviéndose en la densa sábana del *Times.* Todos querían borrar de la pizarra de la noche ese beso blanco y llamativo. El esfuerzo por levantarse no pasó de pueril teoría.

A veces notábaseles un movimiento decisivo en la nuca, pero volvían a encajarse en los cuellos. Pensaba cada uno que el otro no estaba allí, sino huido, y tenían vergüenza de no poder huir ellos también. Un ruido de faldas, un rodar de sillones habría de espantar el beso oculto. ¿Qué sería de la noche si en el hall volvía a aletear el beso inaudito?

Y oyeron las remotas sirenas de los barcos que se alejaban del puerto y el agrio ulular de los automóviles en el camino. Por un ventanal del hall, abierto sobre el paisaje de la ciudad, veíanse cruzar las siluetas de los camineros. Una casa lejana, entre la montaña, abría dos huecos luminosos, como dos ojos grandes, y una puerta oscura con un farol que ondulaba por el viento. Era como una cara negra, tiznada, que los husmeaba burlona de lejos, enseñándoles una centelleante y descarada lengua.

Los indígenas cruzaban frente al hotel sin adivinar la silenciosa tragedia. Nuevos viajeros venían del puerto en automóviles que atronaban la noche con el turista clamor de sus bocinas. El trasatlántico inglés, fondeado en la bahía, brillaba de los puntos de luz de las cámaras y, enorgullecido de su humo de carbón de Cardiff, lanzaba sobre el cielo un penacho negro que al rozar la luna se volvía blanco y transparente.

Un automóvil se paró ante el hotel. Una señora alta y roja subió las escaleras precipitadamente. En el hall despabiláronse las cabezas y otra vez se agitaron los corazones. El hall creyó que se avecinaba un nuevo episodio perturbador. Porque la señora entró en el office y apuntó su nombre, inquieta. Indagó. Parose un instante y penetró, al fin, decidida en el hall. Contempló las caras angustiadas de los huéspedes, mas no pudo sembrar ninguna palabra oportuna porque no conocía a nadie. Solo buscó la orientación de un camino fijo y desapareció, desolada, por las escaleras.

Los ingleses se miraron estupefactos y, como si de repente se hubiese roto el hilo que los ligaba al hall, giraron las cabezas, las piernas desentumeciéronse y las manos apalancaron, sobre los brazos de los sillones, las figuras. Quedáronse todos en pie, pero sin órbita. Una recóndita emoción les pesaba dentro. Se despidieron tristes, con retazos de esplín en los ojos. Y el hall volvió a su inquietud propia, a aquella aparente indiferencia helada. La luna cubrió los huecos vacíos. Y el matrimonio de la novela unánime, rezagado en la despedida, avanzó lentamente detrás de la roja señora. Las puertas de las cámaras se fueron cerrando; un estrépito de cristales sonó en el corredor del mar y por todos los rincones del hotel oíanse pasos sordos. Un camarero atravesó el hall con una bandeja de bujías, como si fuera una enorme ración de espárragos. El reloj dio las once y media y se paró en aquel punto como un perfecto reloj inglés que también tuviese derecho al descanso. En el contrato de los relojes ingleses está esta cláusula de dormir a la hora de los huéspedes y no pararse nunca a la hora del día, cuando el inglés necesita fijar su tenis, su lunch y su té.

El hall dio un largo bostezo y se tendió en sí mismo fatigado.

El matrimonio de las novelas continuó su camino por los pasillos bajos del hotel. Les sonaba ya sobre las cabezas la dormida pesadez del hall. Pero los labios no se abrieron; mirábanse solo a los ojos, como dolidos por una desvergüenza filial, y apresuraron el paso. Al llegar junto al número 15 oyeron un rumor de sollozos ahogados, partidos, y la débil vocecita de Oliva que exclamaba llena de ternura:

—¡Mamá! ¡Mi mamá querida!

Siete

Los jardines del hotel eran los verdaderos enemigos del hall; gozaban de una maligna historia. La glorieta del fondo era un cofre de amorosos recuerdos: hojas secas, quizás algún lazo antiguo perdido entre las hierbas, huellas de zapatos de tenis... Colgaba de la glorieta una lámpara eléctrica, rota de un puñetazo.

De día ya nadie atrevíase a penetrar en la glorieta abandonada. Las inglesas nuevas, en los paseos de la tarde, miraban de soslayo la glorieta. Todos guardábanse bien de mentar el rincón historiado y, al pasar de largo, extendían la mirada sobre el mar, pero observando con la memoria el rincón y orientando hacia él el ánima curiosa.

La glorieta había cobijado muchos momentos internacionales de amor: la violinista inglesa y el oficial de artillería español; la viuda del general inglés —cuarenta y cinco años magníficamente estucados— y aquel cónsul del Uruguay, tan interesante como un indio. Las tres hijas del naviero británico y el francés de las drogas, el italiano del vermú y el andaluz del coñac. Y después aquella rara y solitaria miss Bland que iba sola a la glorieta en busca de todos los amores muertos. Deleitábase en evocarlos sintiéndose la verdadera amada de todos los instantes. El rostro pecoso, los cabellos de color de vaca y el pecho alisado dábanle, dentro de la glorieta, un aspecto de buda atrabiliario, anacrónico. Pero ella se sentía embellecida en el cobijo de aquel sagrario rural, y la embriaguez de la evocación la envolvía como el humo de un incienso celeste, infinito. El doctor Cross llamaba a la glorieta *el justillo simbólico.*

Oliva y su madre llegaron pausadamente a la glorieta. La muchacha empalidecida y fatigosa apoyábase en el brazo mayor, nostálgica de la pasada alegría de su hall y de su tenis. La madre alisaba los cabellos rubios que resplandecían bajo el sol, este día más estival que nunca. Sentáronse en la glorieta. El aroma de los recuerdos voluptuosos, sostenido por un raro prodigio de humedad entre las ramas, disipose como el último aliento del hogar apagado. El mar tenía una dulce quietud de siesta. La playa ardía. En el amplio muro que separaba el hotel de la playa, asomaban las cabezas de los niños a contemplar a Oliva. Ella los saludaba con la mano, que tenía la pequeñez y la ternura de un fino pañuelo de encajes.

Habían transcurrido muchos días. El hall estaba otra vez con su monótona seriedad recobrada. La sueca desapareció de la isla y el bello señor Lamberti prosiguió su viaje a Marruecos. Del escandaloso suceso quedaba solo el agrio recuerdo de una comida excesiva. El amor peculiar del hall parecía surgir renovado. Volvió a ser el hall el sacro lugar de las abluciones de luz honesta.

Toda mácula de la glorieta la lavaba el hall, y entibiaba la vehemencia canicular de la glorieta con esa mano suave y brillante que es el hall colonial los verdaderos días africanos.

El one-step sonaba un rato todas las noches. El matrimonio recuperó las horas de su misma novela, y el tiempo, limpio ya de emociones, pasaba sin contrariar la confortable comodidad de las horas inglesas. Los huéspedes recordaban a Oliva y solían visitarla en su cámara. Ella, por otro lado, aguardaba despacio la salud. La salud venía tímidamente, cuidadosa de no romperla. Alguna vez el viento del mar se hinchaba demasiado y Oliva temía por el espanto de su salud. Porque la salud estaba en el mar y llegaba, ligera, como un ave pequeña y miedosa. El viento del mar era un peligro para la delicada ruta.

El corazón de la moza solo atisbaba el eco de la salud. Y el instante era siempre de una temerosa sutileza.

Aquella tarde fue su primera salida a la luz. Envuelta en un jersey de estambre verde parecía más calada y más niña. La madre la juntaba contra su pecho, dentro de la glorieta condenada, y como no penetraba mucho sol, apartó ramas del techo y entonces los dorados rayos cayeron rectos, firmes, sobre el cuerpo aterecido. Oliva sonrió y los labios pudieron recobrar el rosa de otros días.

Y el recuerdo vino a traerle el amor de su amigo. Contaba la historia con un tono premioso, tierno. La señora novelista sonreía besándola la cabeza dorada.

—Mira, mamá. Tan simple fue todo... Llegó y algo debió decirme el espíritu que era nuestro. Tenía una señal de larga tristeza en los ojos. Estaba yo muy alegre y aquella noche me puse triste. Después sentí la angustia en el pecho. Y luego una gran ternura por cuidarlo. Y lo fui cuidando desde el lecho, y él a mí. Y así muchos días pasaron. Oye, si él no viniera esta tarde, yo quisiera verlo en su cuarto. ¿Nos podremos amar algún día...? ¿Llegará la salud?

Oliva recostose en el pecho de la señora. Sentía rondar la vida en su torno con un zumbido de abeja. La lentitud del mediodía infundíale a su corazón una sensación de espacio eterno. El amor aparecía, en pie, frente a ella. Era un huésped nuevo del hall. Un huésped hermoso, de una blancura griega, sereno y de ternura mística. Los árboles del jardín temblaban con la inesperada visita. Una dulce llama ardía entre los árboles reverdeciéndolos más con una húmeda verdura de esmeralda.

La madre dijo:

—Tú soñarás, pequeña. Y tu alegría volverá trayéndote ese amor soñado.

Pasaron después mucho tiempo en medio de un silencio distraído. Oliva se entredurmió y llegole ese breve sueño de los medios instantes del alma. El amor continuaba en pie, cada rato más fijo en ella. Era la brisa del mar que le sembraba los cabellos sobre las pupilas entreabiertas. Miró, en el sueño, por entre el oro de los cabellos y vio cómo estaba todo el horizonte iluminado y reposado de una devota quietud. El pecho caminaba con paso corto, tenue, de ave. La madre le cuidaba el sueño con profunda tristeza. La moza sentíase íntima y gozosa, traspasada por la llama del día, que la fortaleció en el sueño de todas las palideces de su real desamparo. La señora velaba el sueño con una romántica y patricia actitud. Solazábase en aquel día extraordinario, aquel día inverosímil para ella, lejano de toda posibilidad británica, y no acertaba a comprender cómo el sol de un solo día no era bastante a sanar las grietas de la más recóndita amargura. Soñó despierta. De lo hondo del ánima llegole un aliento de nueva maternidad y fue como si envolviera a la moza en una salud afirmativa y caliente. La muchacha respiró con ahínco, perdida por los largos caminos del sueño.

El sol marcaba un camino ancho y rubio sobre la tierra del jardín. El jardinero regaba los alelíes que sembraban sobre la luz una aromada brisa de encanto. Cantaron los pájaros y volaron hacia la ciudad, alegres. Y el camino del sol se fue cubriendo de una sombra larga y fina.

Caminaba un hombre por el camino de la luz. Un hombre que iba apagando el sol y guardándose resplandor en el alma. Un paso menudo y débil que apenas se percibía. La sombra acercose por el ardiente sendero. Un momento se detuvo ante la glorieta, sorprendida. La señora abrió los ojos y cerró los labios sellando la unión con un dedo de su mano.

El hombre contuvo el aliento, que era escaso, y por eso fue de mayor ternura su cortesía:

—Sí, señora..., yo soy...

Y se echó en el suelo por el lado del sol, aspirando vehementemente la quieta abundancia del mar...

Ocho

Una mañana, más fortalecidos, salieron juntos al hall. El hall los miró casi sin recuerdo. Ellos se sentaron desprovistos de amor al hall, que tenía esa lavada frialdad de las mesas de mármol de los bares cuando están sin parroquianos hasta la hora del sol. Ella preguntaba:

—He pensado tantas veces, mi querido Jorge, en nuestra historia, tan vulgar y, sin embargo, tan inverosímil. ¿Si nos hubiéramos encontrado en Inglaterra, hubiese sido así?

Él respondía:

—¡Quién sabe! Pero en Inglaterra no nos hubiéramos encontrado. El amor es a veces tan chico que no se puede hallar sino en los lugares ocultos...

Ella añadía:

—Es una historia romántica que a nadie interesa; una historia inadecuada para esta vida de hall seco.

—Oliva, las historias románticas claro que estrictamente no caben en un hall, pero interesan siempre. Cada uno de estos hombres y estas mujeres tienen su historia o su deseo de historia romántica. Solo que el romanticismo es de otra hora. Aquí todo lo hacen por horas. La historia romántica interesa hoy más que nunca porque ya no hay de estas historias. Desgraciadamente, es lo clásico en la literatura... y en la vida. Aquel aspaviento moral por el beso de la señorita sueca no es, en el fondo, más que una inconsciente protesta de romanticismo... Y por lo que a nosotros respecta, ellos nos ven mejorar y les parece que la novela toma un aspecto más de hall. Piense usted un poco y verá cómo nuestra historia escrita puede ser leída con agradable interés en un hall.

—Es usted muy interesante, Jorge. Debe usted tener un secreto que no quiere decirnos. Ya sanos, felices casi, ha pensado usted en casarse conmigo, y no quiere descubrirme ese secreto que yo por otro lado sospecho...

—No es secreto, Oliva. Yo he venido a curarme el cuerpo y el ánima. El destino la ha puesto a usted en mi sendero de un modo significativo, gentil. Si podemos vivir serenamente, ¿para qué complicar nuestra serenidad que debe ser de hall también...? Es la verdadera vida. Nuestros queridos enemigos, estos ingleses deliciosos, son los maestros del lago. Todo inglés es un lago: clara perspectiva de la vida... Y han hecho el hall, que es un lago doméstico. Nosotros nos casaremos como irlandeses, pero debemos vivir con cuidado.

—¿Piensa usted mucho en ese día?

—Sí.

—¿Pero se ha detenido usted en ese momento?

—No. He mirado, sin poder remediarlo, hacia el futuro. He llegado hasta más allá del hijo...

Oliva calló y luego, recogiendo la claridad de sus ojos, murmuró quedamente:

—¿Y lo ha visto usted como ese niño de mister Harrison, tan rubio y tan sabroso?

—¡No!

Y callaron los dos. La tristeza apareció como un sueño repentino.

Una tarde el hall estaba más inquieto. Paseaba por él, caviloso, un francés espectacular, de rostro mefistofélico y chaqué azul. El francés metía sus pies en el piso del hall como si fuera un arado. Y empujaba su caminar con ese ahínco del boyero recio que empuja la esteva con ensañamiento de puñalada. El francés murmuraba a ratos: «Mon Dieu! Mon Dieu!». Y se alisaba la barba como exprimiéndola el vello sobre el hall erizado. Era el francés un perfumista. Se le notaba, con poca cavilación, que lo era en el pañuelo estridente que le asomaba al bolsillo del chaqué y en el cosmético de su cabellera, una cabellera con guarnición, barnizada sobre la nuca.

El francés buscaba un hongo cuadrado. Lo había dejado sobre la mesa de escribir del hall y ya no estaba allí. Por eso rumiaba su corajiento *mon Dieu!*, decidido a emprenderla a puñetazos con el hall. Un momento se paró en medio del hall y dio un grito. El hall hizo su acostumbrada bola.

—*Mon Dieu! Mon Dieu! Garçon, garçon...*

Y lanzó seguidamente una exclamación española.

El mozo apareció.

—¿Y mi sombrero, gamín? ¿Dónde está mi sombrero?

El mozo respondió imperturbable:

—Su sombrero está en el cuarto de los sombreros que se quedan olvidados en el hall.

—¿Cómo es eso? ¿Es una lección de urbanidad inglesa? ¿De manera que, si yo dejo mi sombrero en el hall, se coge sin mi permiso el sombrero y se le mete en un cuarto que a lo mejor huele a neumáticos sin estrenar? Porque todos estos cuartos del hotel huelen a neumáticos.

—No, señor. El sombrero tiene su percha. Y el guardarlo no es lección sino prudencia.

—¡Ah, vamos! Un castigo. ¡Qué *esprit*! Mi hongo ha sido castigado. De manera que mi hongo ha tenido el honor de ser motivo de *humour. Humour!* Estoy hasta la misma barba de cosas humorísticas. Tráeme el hongo, ingenioso gamín.

Oliva y Jorge Brown sonreían ante la furia del perfumista. Y al alzar los ojos notaron que el matrimonio de las novelas estaba detenido y temeroso en una de las puertas del hall.

El francés recogió su hongo y fuese tirando de la punta de su barba y rezongando palabras enojosas.

El hall retorciose apesadumbrado. Los amigos se levantaron y miraron desde la puerta del corredor el mar de la tarde.

—Cuando estemos juntos de verdad —dijo Oliva—, vendremos mucho por este mar saludable.

Él no oía. De espaldas al hall sentía cómo la congoja del hall le arañaba la espalda. Miró lejos. Su memoria vagó por el luminoso cielo y se entretuvo en enlazar los pensamientos perdidos a los rayos del sol. Gozábase en acercar las ideas y hacer como que las quemaba en los rayos. Y después las recogía apagándolas la llama en el agua del mar. No se encontraba bien aquella tarde. Quería transfundirse en el mar; estirarse, alargarse en el mar para no oír el ronquear de su pecho. En el pecho estaba todo turbio, oscuro. ¿Para qué tener ese cofre del pecho como una maldita caja de amarguras? La esperanza del hombre se guarda en el pecho. ¡Ah, si pudiera estar abierto, iluminado, como el mar! ¡Si pudiera sentirse con el ancho lomo del mar por espaldas, hincharse de vida, ampliamente, sin recato, sin dolores...!

Ella insistió:

—Nos bañaremos juntos, pronto. ¿Verdad, Jorge? Yo sería hoy capaz de correr.

Él callaba. Sí, correr. La voluntad de correr asimismo la sentía en el fondo de su espíritu, pero aún tardaría mucho antes de llegar arriba. ¿Y llegaría acaso alguna vez? La miró ansioso. Ella estaba más sana que él. Lo descubría en la limpia humedad de los ojos y en el olor de la figura: un breve olor de cuerpo recién lavado, fresco y puro. Indudablemente la sangre de la moza corría ya sin tropiezo. Y repentinamente sintió una sorda repugnancia por su cama. Le llegó un vaho de su cama que le truncó el aliento del mar.

Ella repetía alegre:

—Jorge, mi querido Jorge. No sabe usted cuánto le quiero. ¡El amor es como un mar para mí! Tan sano, tan abundante...

El amor. El hall le tocó en las espaldas a Jorge y le dijo al oído: «¡Eso del amor, más allá, un poco más allá...! ¡A la glorieta!».

Y él no pudo ver el amor. ¿No existiría tampoco, como la felicidad, como la salud? ¿No sería el amor estas dos cosas juntas?

Y vislumbró en un lugar remoto la felicidad. Una sonrisa. Y de pronto un niño que se cae y se desnuca. Y la sonrisa cámbiase en amargura para siempre. Y vio la salud como una fuerza anónima en el alma que le tiraba de los músculos, afirmándolos, enérgica, en su raíz. E inesperadamente un humo de carbón que lo ciega y lo aturde y se le mete en el pecho taladrando, carcomiendo el fondo poco a poco. Y el amor era al fin un camino recto, invariable, de muchos días, de muchos años quizá. Todo luciente, cálido, apasionado. Y en un recodo, acechando el paso, una sombra podrida y gibosa, la raíz fatigada.

Ella lo miró dulcemente:

—¿Qué piensa usted tan largo? Mi espíritu se afinó tanto con el mal que no tengo sino deseos puros, visiones puras... ¿Por qué usted que es tan sutil, de una sutilidad tan perfecta, no me dice esta tarde, un poco separado de este hall burgués y frío, una cosa pura, exclusivamente?

—¿Una cosa pura, Oliva?

—Sí.

Calló un instante Jorge Brown. Después respondió con jovial melancolía:

—Para que usted comprenda la infinita pureza del alma, era preciso... una cosa que no debemos querer,

Oliva: ¡que la muerte nos sorprendiera abrazados en un sueño!

Se volvieron de repente porque el aire del hall silbó, con un agrio silbido. Era el francés que volvía y atravesaba el hall con el hongo encasquetado.

Nueve

Avanzó el verano y la vida en el hall iba siendo cada vez menos digestiva. Las diferentes emociones lo habían esquinado, y apenas daba, con la prístina regularidad, su luz. Sin embargo, la última nueva lo reconfortó unos días.

Fue otro episodio emocional, pero casi correcto, amable. ¿Cómo pudo el hall recibir este premio? El doctor, gran psicólogo del hall, había traído gentilmente la noticia, sin darle, cierto, una gran importancia nacional, pero sí con singular complacencia.

El señor Brown era el poeta señor Brown. El nombre llegó algunas veces en el *Times* confundido entre los tipos de cambios y las acciones de los ferrocarriles. La colonia, pues, tenía un miembro importante. Entre el anodino montón de cajeros graves y de clerks musculosos, aquel mister poeta que estuvo a la muerte el año anterior ponía una distintiva nota en el racial orgullo del hall. Y recordaron los ingleses todas las eminencias que pasaron antes por la colonia, ungiendo el hall de un solemne prestigio de abadía.

Lord Irving, gran africanista, miembro del cuarto privado del rey, estuvo dos horas y fue como si el hall se encharolara. El notable lord desembarcó con zapatos blancos y todos admiráronse de tan graciosa democracia: les parecía que un lord no podía salir sino de un zapato de etiqueta. Lo vieron correr por el hall con un silencio de camino privado, sonriendo a la condesa que había también venido de África con una maleta llena de cocos... Lord Irving relató los progresos de Cape Town y enseñó unas curiosas fotografías de indígenas en las que se veía solo unos dientes de risa troglodita y, entrelazados, unos enormes pechos puntiagudos.

Recordaron a sir Archibaldo, el naviero brutal que había extendido el cheque más grande del mundo para comprar una compañía de vapores; a mister Scott, el bufón; a mister Cohen, el explorador... ¡Oh, este mister Cohen, qué noches de terrible escalofrío hizo pasar al hall contando sus aventuras de West Africa! Entonces no había guerra y la orquesta acompañaba el coro de las cacerías de mister Cohen... Mister Cohen estaba inmortalizado en una caja de plumas de escribir... Mister Harrison, cada vez que cambiaba su pluma vieja, sonreía emocionado contemplando el retrato de mister Cohen en la tapa de la cajita... ¡Qué recuerdos! Aquella gente ilustre pasó siempre de un modo distinto a los diputados españoles que escupían sobre las losas del hall los pedazos del puro. El hall hubiera sido inmortal, intangible, con un inglés ilustre cada año...

Mas un poeta, quizá tan celebrado como aquel dulce mister Shelley, no había el hall imaginado poseerlo nunca. ¿Resistiría ahora el hall, tan quebrantando de inquietudes, este excesivo reconstituyente de última hora?

El hall había perdido su buen humor, su clara armonía. Nada se podía hacer en la confidencia del hall porque todo lo ponía ya en ascuas, en temerosa expectativa, en cuidadoso extremo. Lo único inmaculado del hall era todavía el blanco piso por el que podían, libremente, los pies ligeros trazar las sutiles líneas de la danza. El día en que el piso del hall fuera castigado con algún raro episodio, como el de la sueca, se perdería para siempre el hall.

Los ingleses lo sospechaban así y por eso el descubrimiento de Jorge animábales para una nueva era de tranquilo paisaje de halles. Lo quisieron hacer presidente honorario del hall para que el hall se dignificara y pudiera ir tirando de su quebrado prestigio. Lo ponían delante del francés, cuando el francés taconeaba demasiado, y siempre buscaban un pretexto para que Jorge estuviera en el hall. El hall se ennoblecía con el vate, y los pasados deshonores se perdían detrás de este gran honor actual.

Y una noche mistress Walker organizó un concierto a beneficio del Instituto de los Marineros. Ella cantó una canción escocesa muy antigua, una canción de caza. El doctor Cross pronunció un speech sobre la poca eficacia de los polvos insecticidas en las literas de los barcos que van a la costa y Oliva cantó también una triste canción irlandesa. Aquella noche el hall, rejuvenecido, acordó que la moza poseía de nuevo su completa salud, recuperada casi al mismo tiempo que el hall su prestigio. Restregaron ahincadamente el concierto sobre el hall como un peregrino masaje que lo enderezara para siempre.

La voz de Oliva resonó en el hall con una sonoridad tan tierna que Jorge Brown la oyó como en un confortador sueño de convalecencia. El amor se estilizó en aquella resurrección del hall. Cada instante se transparentaba la vida interior y los ingleses volvían a su cauce sereno y digestivo.

Pasaron las horas. El concierto sacudió la pesadumbre extranjera que roía las entrañas del hall. Al finalizar una parte, la madre de Oliva leyó un cuento indio como los de mister Kipling, y el piso del hall se sintió como si tuviera alfombras de piel de tigre. Bailaron. El hall extendió su mármol, que no había perdido del todo su anchura y su pureza. Este piso lo salvaba siempre. ¿Qué sería del hall colonial si alguna maldición cayera sobre su facultad bailable? «¡Oh —pensaban las inglesas en sus vueltas armoniosas—, que se nos conserve la intangibilidad del baile, que nunca pueda el hall perder este sortilegio maravilloso...!».

Y envolvían con la mirada al poeta señor Brown y pensaron entonces que los dos amigos debieran casarse. Ellos le perdonaban a él la raza, más bien olvidábanla, acercándolo tanto a Londres, metiéndolo en el tumulto de la urbe tanto que la amorosa tierra del poeta no era más que un tenue paisaje de fondo. Él, por otro lado, no habló de Irlanda jamás. Cuando en el hall Oliva bailaba, leía su pequeño Shakespeare en silencio.

La noche del concierto, Jorge tenía contenta el alma. Se había renovado. Pensó que la vida era una cosa simple y fácil de llevar con relativa salud. Miraba al hall sonriente y escuchaba los cantos con regocijo. A su lado mistress Harrison le espiaba la sonrisa.

—Mister Brown no ha querido leer un poema. Hubiese estado tan bien en el hall una poesía de mister Brown.

Respondió a la señora:

—Yo he puesto una libra en la bolsa de seda de mistress Walker. La poesía no es necesaria donde está la libra.

—Pero usted que es católico ha debido sentirse conmovido con una fiesta benéfica.

—Sí, mistress Harrison, lo estoy. ¿Me cree usted tan incorrecto?

—¡Oh, no! ¡Pero cómo hubiese acabado la fiesta! El hall al descubrirle ha recuperado toda la fuerza quebrada con los últimos sucesos... ¿Se acuerda usted de aquel beso chocante...?

—Sí, sí; fue un beso de antihall.

Oliva acercose entonces:

—Jorge, cruza frente al mar el trasatlántico de los alemanes, el gran trasatlántico que es nuestro hoy. Es un espectáculo magnífico porque el barco tiene luces en todos los sitios y la estela misma que deja parece que es también de fuego... ¿Vienes?

Alejáronse. El corredor estaba solo. Ya todos los ingleses habían visto su barco y volvían orgullosos al hall. Lejos, oyeron los amigos el rumor de la orquesta, aquella noche contratada especialmente. En el jardín, los árboles proyectaban la sombra hacia la playa. Les rodeó la noche, como una suave mano en el tallo. Aspiraron el mar de la noche embebidos en una nueva dulzura sencilla. El trasatlántico envió el resplandor de sus luces sobre los rostros unidos de los mozos. Viéronse sembrados de grandiosos puntos de fuego. El perfil de la muchacha destacábase en la sombra con una débil luminosidad de lucero...

El barco avanzaba abriendo más heridas de luz sobre el mar. En la playa, unas manchas movedizas los sobrecogieron de miedo dócil e infantil, que comentaron silenciosos con una invisible sonrisa.

Empezó a difundirse más densa la noche. El silencio parecía de aves posadas sobre las sombras. Oyose un canto de marinero remoto, una voz turbia, roída de salitre y soledad. Juntáronse más entonces. Y callados, amorosamente callados, iban arrojando las palabras al mar y a la noche.

Besáronse al fin, tirando anhelosos del beso que intentaba huir por el húmedo camino de un sollozo...

Diez

... Y como ya en el hotel no había sino huéspedes ingleses, se acordó la boda para antes del invierno, que era la estación más clara de la isla.

¡El invierno atlántico! ¡La estación templada y luminosa del turismo y de la invasión tuberculosa universal! Estación de hondas perspectivas humanas en que los huevos suben a un precio inverosímil y las vacas atlánticas se quedan sin ubre... Los ingleses acordaron que antes de esta fecha era mejor la boda, porque habían de hacer una excursión al campo todos juntos y era mejor hallar soledad en las montañas. Al regreso de esta excursión celebraríase la boda en el hall. Había que premiar y pulir el hall resignado. El hall, presintiendo la boda, estaba confundido en un inesperado goce de renovación.

Pero el día de la gira alegre, amaneció el hall triste y pesaroso. ¿Qué sería de él con su soledad aquel día? Solo el reloj le acompañaba las horas, pero contándoselas con una sádica crueldad que le abría más el conocimiento del tiempo.

Y quedose irremediablemente solo en la mañana mientras sus amigos se tumbaban sobre el hall natural de las montañas insulares.

Y corrieron los ingleses por las veredas del campo con su peculiar agilidad deportiva, gozaron de una luz sin cristal y se apretaron los pechos abriendo con ansiedad la boca mientras recordaban con cariñosa memoria el abandonado hall del hotel.

Al atardecer regresaron y sorprendieron en el hall un raro achicamiento que no obedecía a silencio ni a olvido, sino a un nuevo castigo inesperado.

El manager contó. ¡Otro espectáculo! Unos españoles habían almorzado en el hotel. Habían bebido, la voz desenvolvióseles con ese tono mayoral de las voces españolas. Habían volcado el café del perambulator, aunque al entrar en el hall se quedaron un instante como cohibidos por la rigidez natural del hall que los recibió adusto. Pero, apenas hicieron confianza con el hall, rieron de un modo hambriento y llamativo. Burláronse del gramófono y se habían puesto a bailar unos con otros el one-step. Por fin se marcharon dejando al hall sembrado de gotitas de saliva... Los criados estuvieron limpiando toda la tarde, pero el hall no estaba encajado aún.

Añadió el manager que ya tenía las banderas preparadas para adornar el hall y que aquella noche no admitiría a ningún otro huésped. Solo un huésped nada más, porque llegó por la mañana y no pudo evitárselo. Pero era inofensivo. El huésped tenía su cuarto enfrente del hall. Podían verlo porque acababa de abrir la puerta.

Los huéspedes alzaron los ojos y sintieron que el hall daba una vuelta de montaña rusa.

El huésped era un negro de Madagascar que los contemplaba sonriendo, con salacot y abrigo largo...

Cruzaron las banderas sobre las columnas del hall y llenaron de flecos de papel de colores las cornisas del techo. De columna a columna, unas blancas guirnaldas alegraban la noche del hall. Luces de colores y unos tapices con las estaciones líricamente tejidas daban al hall una extraña compostura de dama sufragista.

Sin embargo, el hall se alegraba al sentir las caricias de la luz y el cosquilleo de los flecos del papel. Unos músicos afinaban las cuerdas de sus violines, en tanto el manager disponía la colocación de las decoraciones. La novela, pues, terminaba de una manera muy inglesa.

Celebrarían la boda antes de efectuarse la boda, con esta verbena de hall en noviembre. Después, mañana, beberían el whisky y atarían el zapato simbólico al automóvil de la dicha. Pero, mientras, había que cantar la felicidad y ahogar todas las pasadas inquietudes del hall.

El doctor Cross llegó con su frac ceremonioso y triunfante. El matrimonio de la novela vestía una indumentaria un poco antigua, pero conservada en la excelsitud de la seda legítima. Y la intimidad inglesa, esa intimidad un poco cursi y un poco admirable, fue recorriendo por todas las vértebras erizadas del hall.

El hall estiraba su lomo blanco de gato maravilloso porque la mano de esa intimidad rozaba esa elástica e invisible columna dorsal que tiene todo hall auténtico; la columna que está en su perfecta derechura a la hora del té. Y el hall, esa noche, perdonó el irremediable golpe de una puerta o el precipitado paso de algún mozo aturdido.

Jorge apareció en el hall. Sonreía, evocando los días futuros en el campo: el agua limpia de las acequias, las campesinas saludables que repartían sanidad, ebrias de juventud y de color enrojecido, al cruzarse con él en las veredas... Todo su porvenir estallaba de salud y de fuerza. Realmente la tierra atlántica era una tierra moza y gigantesca donde el corazón se recoge devoto o se tiende a arder bajo la llama solar. Veía a Oliva segura también de su fuerza. Y por un instante sintió que el ánima se le ahogaba en el hall. Y no podía respirar en el hall. Sin embargo...

La noche tenía una alegría nueva. No había resquicio de mal ni de amargura, y Jorge se cobijó bajo la bullanguera y ridícula decoración del hall, como si se metiese en una fiesta primitiva de aldea.

Apareció Oliva con un transparente traje blanco. Y los huéspedes aplaudieron y lanzaron un hurra de hall, concordante y alegre, y la orquesta sonó entonces con la marcha de resurrección del hall.

Bailaron. El baile se abrió como una cortesía inverosímil en un lejano hall espléndido. Llegaba la noche por los corredores y la luz de las lámparas contenía la invasión de las sombras, que sonaban a mar y olían a playa.

El hall dejaba sembrarse la lluvia de las alegrías inglesas, y la empapaba en su piso, que lucía aquella noche con todo el alarde incólume de su blancura. Nada podía macular aquel piso infinito, donde la línea de la danza trazaba unos surcos interiores, como el pensamiento vivo en la frente humana. La luz del piso se elevó hasta el techo de cristales y dio a la noche un simulacro de luna nueva y clarísima.

Oliva era un torbellino en los brazos del viejo doctor. Los ojos azules sobre el rojo blancor de la cara dilataron la noche renovada de hall, augurándole una larga perspectiva de noches más azules e imperturbables.

Era una alegría desesperada la del alma de la moza. Los labios vibraban firmes, como dos llamas sin brisa, y la palabra caliente, emocionada, caía sobre la blanca testa del doctor iluminándola. La novelista madre planeaba el cuento final de su hija, un cuento rosa y honesto para misses.

—Doctor —decía Oliva—, mi salud es tanta que parece desbordarse...

Y de repente la cabeza de oro se desprende sobre el hombro del anciano y los colores rojos se apagan y Oliva lanza un grito agudo, como si el alma se le saliera silbando del pecho.

El doctor la recogió en sus brazos. El hall estremeciose como nunca por un escalofrío de muerte. La muchacha irguió la cabeza de nuevo, abrió los ojos como dos cuencas vacías y arrojó sobre el hall toda la roja fuente de su vida.

Acudieron espantados. La sangre corría por la figura lívida, sin color, como una azucena rápidamente marchita. La sangre corrió por el hall ante el desconcierto trágico de los huéspedes que intentaban huir sin atreverse. Jorge Brown, como un espantoso dolor frío, apretaba contra su pecho la desmedrada figura. La madre de la moza vio que sus gafas rodaban por la nariz y se le metían en el pecho con un frío de puñal. Volvió la sangre de Oliva a brotar más abundante: era un magnífico mar de salud que se iba...

El doctor Cross cogió la mano de la muchacha, acercó la cabeza al pecho hundido. Después exclamó doloroso:

—Ni una gota de sangre, ni esa leve gota que abre la punta de un alfiler, le ha quedado dentro...

Lleváronsela. El hall se quedó solo, con una soledad herida y profunda...

Sobre el blanco piso de mármol, la roja mancha era el terrible fin de su historia. Un enorme punto trágico y silencioso.

¿Qué le quedaba al hall? ¿Quién osaría bailar de nuevo sobre aquella honda huella eterna...?

Apéndices

Nota de las editoras

Incluimos a continuación dos textos relacionados con *Las inquietudes del hall* que complementan la obra y ayudan a contextualizarla: un estudio del escritor Francisco León, y uno de los *Cuentos morales* de Clarín, «El dúo de la tos», que probablemente inspiró la novela de Quesada.

Nos gustaría recordar que el catálogo de Libros de la Ballena es el resultado del trabajo de las distintas promociones de editores que pasan por el Máster de Edición - Taller de Libros de la Universidad Autónoma de Madrid. Por eso, queremos agradecer a nuestra compañera editora Clara María López González (de la promoción 2023-2024) que descubriera para nuestra editorial la obra de Alonso Quesada, así como que propusiera la publicación de *Las inquietudes del hall.*

Y nos gustaría mencionar también la inestimable ayuda recibida por parte de la Biblioteca Insular (y previamente la Consejería de Cultura) del Cabildo de Gran Canaria, que nos dio acceso al mecanuscrito original del autor, de su propiedad, cuyo cotejo con las ediciones posteriores nos ha permitido, creemos, ajustarnos un poco más al texto que Quesada concibió.

Por último, queremos agradecer al poeta y narrador Francisco León la claridad con que, en el breve estudio que editamos a continuación, ha sabido acercarnos a la obra y la figura de Alonso Quesada.

Check-out

Un acercamiento a 'Las inquietudes del hall'

Francisco León

Afirma el gran maestro cubano José Lezama Lima en algún pasaje de la vastedad de sus páginas que únicamente lo difícil —lo complejo— resulta estimulante. Sin lugar a dudas, *Las inquietudes del hall* se presenta ante el lector de hoy en día como una lectura complejamente estimulante, en el exacto sentido de las palabras de Lezama Lima; por muchos motivos. Comencemos por los más simples.

Para empezar, no es —no ha sido hasta hace bien poco— una novela accesible. Quiero decir que no ha contado jamás con ediciones de gran tirada en firmas nacionales potentes y de amplia distribución. Y, de hecho, si la hemos leído alguna vez, se debe a la afortunada conjunción de la tenacidad lectora y la existencia de múltiples ediciones *menores* y locales que, de algún modo, han venido a paliar la falta de sensibilidad de la institución crítica española en relación a la obra de Alonso Quesada.

Yo —y muchos de mi generación— no tuve conocimiento de la existencia de *Las inquietudes del hall* hasta que alcancé la universidad, pero no porque en las universidades canarias de ambas provincias los estudiantes todos estuvieran al tanto de la producción literaria de Alonso Quesada, sino por el hecho más vulgar y lógico de que cursaba Filología Hispánica en la Universidad de La Laguna (Tenerife), lo que propició que a la postre diera con mis huesos en las clases de uno de los máximos especialistas en la figura de Alonso Quesada; me refiero al profesor y poeta Andrés Sánchez Robayna. Fueron su influencia y su magisterio, y no la popularidad de *Las inquietudes del hall,* las fuerzas que poco a poco me condujeron a las orillas relucientes y secretas de la poesía y la narrativa quesadianas.

Para que conste, la edición en que leí por primera vez *Las inquietudes del hall,* y que he vuelto a leer otras tantas veces, es la de Interinsular Canaria de 1988, que reproduce en su cubierta una pintura de José Jorge Oramas y lleva un prólogo de José Luis Correa cuyo arranque viene a denunciar los efectos de la ignorancia y la desmemoria proverbiales que pesan sobre muchos de los escritores que forman los fundamentos de la llamada *microtradición canaria,* como la denominó Andrés Sánchez Robayna.

Vale la pena reproducir ahora aquellas palabras iniciales:

La obra narrativa de Rafael Romero ha supuesto, sin género de dudas, uno de los más nítidos ejemplos de la relegación al olvido a que se vieron sujetos durante décadas algunos autores insulares.

Han pasado más de treinta años desde que Correa redactara estas líneas, y mucho me temo que aquella relegación se ha tornado definitivamente en descorazonador olvido, sobre todo en Canarias, donde los índices de lectura y el desconocimiento de la tradición interna rozan niveles siniestros. Por desgracia, la figura de Quesada, es decir, su estilo narrativo, tan lírico y brillante, central en las letras insulares —y como muchos otros casos en las diversas circunscripciones nacionales—, no ha conseguido sobrevivir a las profundas mutaciones de los gustos culturales que se han precipitado con el comienzo del siglo XXI.

Lo cierto es que para el lector peninsular no familiarizado con la literatura de principios del siglo pasado ni con el canon de las Islas Canarias, el nombre de Alonso Quesada (pseudónimo de Rafael Romero Quesada, Las Palmas de Gran Canaria, 1886-1925) no ha de significar gran cosa.

Y, sin embargo, Quesada constituye uno de los pilares, puede que el más robusto, de los dos grandes momentos —o tal vez sean uno solo, prolongado hasta su máxima expresión— acontecidos en el desarrollo de la cultura literaria de Canarias. Nos referimos al periodo posmodernista —con Tomás Morales, Quesada, Domingo Rivero y Saulo Torón—, por una parte, y el periodo vanguardista —con figuras como Agustín Espinosa, Emeterio Gutiérrez Albelo o Domingo López Torres, entre otras—.

En la actualidad, al menos entre los escritores principales de las Islas, Quesada representa, en cambio, una de las cimas del panorama literario, tanto poético como narrativo, de esta parte de España.

No fue siempre así. Pese a que el primer libro de Quesada, *El lino de los sueños,* cosechó críticas positivas nada más publicarse en 1915, hubo que esperar a la década de 1970 para que el resto de sus obras —publicadas o no— comenzara a recibir la atención crítica que merecía. Sus cuentos, por ejemplo, redactados en torno a 1920, y rebosantes de una modernidad casi prístina, permanecieron dispersos y semiolvidados hasta que en 1972 quedaron reunidos y publicados bajo el título de *Smoking room.* Es decir, que durante más de cincuenta años, Quesada apenas había existido como cuentista, tanto fuera como dentro de las Islas, de modo que la enorme sensibilidad de su propuesta y originalidad narrativas no han sido incorporadas convenientemente al sistema de valores estéticos del espacio literario insular.

Sin duda su pronta muerte, acaecida cuando el escritor solo contaba con treinta y nueve años de edad, ha influido en la recepción y la consolidación bastante irregular y tardía de su figura y su obra. Su prematura muerte es una más de la extensa —y dramática— cadena de fallecimientos tempranos de jóvenes escritores canarios que apuntaban a la genialidad.

A modo de breve repaso: Quesada publicó en vida únicamente tres libros, *El lino de los sueños* (1915), prologado por un entusiasta Miguel de Unamuno; *Crónica del día y de la noche* (1919), un libro de estampas sobre Las Palmas de Gran Canaria del que Gabriel Miró llegó a afirmar que eran «de una elegancia y de una ironía luminosísimas», y *La umbría* (1922), obra teatral de la que Quesada no se sentía particularmente orgulloso.

El resto de su producción quedó inédita y hubo de ser publicada muchos años después de su muerte: *Los caminos dispersos* fue editada en 1944, *Lunar* en 1950, *Smoking room,* como ya hemos señalado, en 1972, *Las inquietudes del hall* en 1975, nada menos, e *Insulario* y *Memoranda* en 1982.

Pero como sugerí al comienzo, la escasa difusión y publicación extemporánea a lo largo de estos últimos ciento cuarenta años no son los únicos motivos que explicarían el hecho cierto del escaso conocimiento de su obra narrativa.

Como ya dije, la obra toda de Alonso Quesada, y en especial *Las inquietudes del hall,* nunca resultó de fácil lectura. De haberse publicado en la época en que se escribió —en plena transformación modernista— su lector se habría enfrentado a una escritura en los límites de las convenciones del género narrativo. El transmodernismo o el prevanguardismo en que se moldeó la poética de Quesada, no nos engañemos, constituía una estética compleja, de gran nivel metafórico y simbólico que exigía —y exige aún— del lector un conocimiento y manejo del lenguaje y, sobre todo, de los secretos del lenguaje literario de esa hora, especialmente profundo y avezado.

La tuberculosis como tema, el hotel como espacio y los protagonistas (un joven y una muchacha) enfermos que deliran de amor coinciden también en uno de los *Cuentos morales* de Leopoldo Alas *Clarín,* «El dúo de la tos», escrito en torno a 1896 (y que puede leerse en el siguiente apéndice de esta edición). Es muy probable que Quesada conociera estos relatos y, por qué no, le inspirasen su novela. Sin embargo, el propósito narrativo es otro y las diferencias de estilo son obvias. La brillantez chispeante y metafórica de Quesada salta por encima del, en comparación, sobrio realismo de la prosa clariniana. El argumento estético de Quesada, en fin, es bien diferente. El autor de *Poema truncado de Madrid* se sabe plena y conscientemente situado sobre el despliegue en la época de una estética que avanza imparable hacia los espacios experimentales de la vanguardia.

En este sentido, no se ha dibujado bien, por ejemplo, la honda influencia de Ramón Gómez de la Serna en la narrativa de Quesada. El fuerte erotismo de *Las inquietudes del hall,* sin ir más lejos, centrado en la aparición de piernas y senos femeninos —ya se había publicado, precisamente, el ramoniano *Senos* (1917)— es, entre otros, el estilema por excelencia de dicha influencia.

La práctica de estas estéticas, enraizada en el modernismo y cargada ya de nuevos alientos investigadores, daba una literatura para simpatizantes y adeptos, para escritores, acaso los únicos en ese momento dispuestos a saltar la barrera inicial y espantadora de las nuevas doctrinas estéticas que la informaban.

La estructura y elementos narrativos de *Las inquietudes del hall* también se apartan de los cánones usuales del género. Como en otras obras de su estirpe —véase el ejemplo de *Las sonatas* de Valle-Inclán— el argumento se ha reducido, a posta, a su mínima expresión, en favor del despliegue de un armazón descriptivo que sustenta lo fundamental de esta obra: el marco ambiental, la atmósfera, el trasfondo metafísico. Y en el centro de este marco queda erigido el personaje central en torno al que giran unos subpersonajes que parecen más bien espectros: el hall de un hotelito insular inglés que es, en realidad, una suerte de sanatorio de incurables, un purgatorio en el que se decide el paso hacia la muerte. Volveremos sobre esto para finalizar.

Por otro lado, el número de subpersonajes con cierta entidad es escaso, dos muchachos enamorados y enfermos, una mujer sueca de aspecto varonil y sensualidad exagerada y el propio hall. Poco más.

Por si fuera poco, las acciones y las situaciones en que estos contados personajes se ven envueltos también se reducen al mínimo. Sin duda destaca, en lo relativo a este aspecto, la aparición en la playa, entre el juego de los niños lugareños, de la sueca. El alto y lírico tono erótico de este capítulo no tiene igual en la literatura de Canarias.

Y en este entorno de características tan peculiares aparece lo que sin duda es el diamante de esta novela: la adaptación del lenguaje altamente metafórico de la poesía modernista y prevanguardista a la escala narrativa.

Solo un ejemplo: el uso constante, casi obsesivo, de la lírica prosopopeya como mecanismo para lograr una suerte de animación o animización de la materia y del espacio: «La playa entró por la ventana...», «El sol desgarraba las nubes...», «El miedo le mojó de escalofrío los labios...». Esta personificación de las cosas —dentro de la cual el hall del hotel constituye la expresión mayor— refuerza por otra parte el propósito evidente del autor de crear con esta novela no tanto la historia de unos personajes moribundos como la construcción de un espacio o atmósfera precisos, una suerte de imagen íntima de lo insular.

Este tipo de lenguaje tan poético, o tan poco narrativo, si lo juzgamos desde las convenciones del panorama de la narrativa actual, tan complejo, y no solamente por distancia del modelo, sino por la formación del lector actual de novelas, coloca sin duda la *nouvelle* de Quesada en lo que podríamos llamar narrativas radicales de principios del siglo XX.

Con la construcción del hall de este hotelito de colonia inglesa situado en la provincia española más alejada de su metrópoli, una provincia atlántica, soleada y polvorienta, Quesada da expresión al símbolo o mito del sanatorio para incurables. Es el mismo mito que encontramos en *La montaña mágica* de Thomas Mann, que, por cierto, fue concebida al principio como una novela corta.

Creo que en ambos textos —en Mann, por supuesto, con un desarrollo más complejo— el espacio del hall o del sanatorio, a medio camino entre lo fantasmagórico y lo irreal, y la enfermedad de los personajes —en ambas novelas la tuberculosis— vienen a ser la representación de los estertores de un preciso sueño utópico. Representación y al mismo tiempo premonición de un mundo cuyos valores se desmoronaban.

La rápida disolución del ensueño vital de la *belle époque* deja en la existencia cotidiana un regusto amargo de honda desilusión. El paraíso europeo anterior a la Gran Guerra se corrompía definitivamente hasta dar de bruces con los fascismos y con la segunda gran guerra.

Quienes simbólicamente logran escapar a este destino tratan de huir y refugiarse en el último santuario: el hotel remoto, el sanatorio de las montañas, el pequeño hall inglés de Quesada —¿qué es una isla sino una montaña primordial?— donde se recluyen y aíslan de la realidad asfixiante, y sobreviven un periodo de tiempo incierto entre la desorientación y el espejismo, entre la melancolía y el erotismo, entre la utopía y el desencanto.

En *Pájaros de la playa,* del cubano Severo Sarduy, también aparece este espacio postparadisíaco y espectral: una «casona colonial» junto a la costa cuyos moradores sestean «aquejados por el mal»; un espacio, en efecto, de escala transicional entre una existencia desorientada, que parece recuperarse por momentos en una isla misteriosa —acaso Lanzarote—, y la muerte definitiva. Allí va a morir, entre la belleza física de los muchachos que corren por la playa cada día y el resto de huéspedes enfermos, un personaje que ha elegido como último refugio, como última posibilidad de regeneración, un edificio piramidal que es en cierto modo la representación del santuario del alma.

En el *Austerlitz* de Sebald, o en muchas de sus narraciones cortas, el narrador protagonista, convaleciente de una enfermedad enigmática, se halla siempre emprendiendo un viaje de sanación a un lugar que en el fondo es el umbral entre la vida y la disolución.

El símbolo del hotel-sanatorio, este umbral, está asociado a una fuente de regeneración. En el caso de *Las inquietudes del hall* esa fuente es el mar y está representado en el capítulo quinto, con el baño marino de la huésped sueca:

Aún tuvo aliento para volver a zambullirse, pero nadó fatigosamente, con un lánguido dejo de esclava. El cuerpo fuésele ablandando, enterneciéndosele, y, cuando salió, el rojo color de la figura habíasele cambiado en un rosa anacarado y fino.

Otro tanto sucede en *Pájaros de la playa* cuyo espacio de transición está situado junto al mar:

Me sorprendo evocando un cuerpo en medio de todas las tachaduras, borrones y denegaciones de la vida. Un cuerpo esbelto que nada en una piscina de mosaico azul, profunda y transparente. El bañador es negro, las nalgas duras; se zambulle: el agua fresca me salpica.

O:

Respirar a fondo el aire marino, arrancarse del cuerpo el mal, extirparlo...

En todos los ejemplos, la corrupción corporal de los protagonistas es signo de una enfermedad enraizada en su ser más profundo. Nada puede salvarlos. El hall inglés del atlántico mesotropical o el sanatorio de los Alpes suizos, que son presentados como el espacio posible de la curación, se convierten al final en el testigo casi mudo de la irrupción de la muerte.

Sin olvidar, por supuesto, que la novela de Quesada da cuenta, en primer lugar, de su propia circunstancia, la circunstancia más personal —como la desesperada aflicción que le causaba la soledad de la isla y la lejanía de sus propios amigos, apreciable en las cartas citadas más abajo y enviadas a Cansinos Assens, o la incurable tuberculosis contra la que luchó denodadamente— y la circunstancia social que lo rodeaba: la pedantería de los ingleses, la sociedad inculta en la que tenía que vivir, la falsedad que envolvía el trato humano; sin olvidar todo ello, creo, finalmente, que *Las inquietudes del hall* se integra en la estirpe de esa tradición de novelas modernas, un tanto indefinibles, que transforman la enfermedad en metáfora y en oportunidad metafísica (Kafka, Proust, Mann, Lezama, Bernhard, Sarduy, Sebald...), y lo hace muy en el inicio de esa tradición, y en el extrarradio de esa tradición, y en el lenguaje del extremo de la poética contemporánea.

Nota

Tuve la suerte de que, para cuando fui consciente de la existencia de esta novela corta —me remonto a los inicios de la década de 1990—, ya existía del texto una edición bastante fiable, aunque —insisto— local, la de Interinsular Canaria. La editorial Interinsular Canaria fue fundada en Tenerife con el ánimo de proporcionar a los lectores ediciones muy pulcras y, sobre todo, de carácter filológico, de las principales obras de los más reputados escritores canarios: la novela surrealista *Crimen* y la creacionista *Lancelot 28°-7°* de Agustín Espinosa, los poemas de *Las rosas de Hércules* de Tomás Morales, la novela inclasificable *Fetasa* de Isaac de Vega, *Mararía* y *Cerveza de grano rojo* de Rafael Arozarena, *Los puercos de Circe* de Luis Alemany... La dirección de la colección recaía, precisamente, en Andrés Sánchez Robayna, asistido por un plantel de escritores, investigadores y profesores que no solo se limitaba a los miembros del consejo asesor de Interinsular Canaria, en el que figuraban Miguel Martinón, Miguel Pérez Corrales, Nilo Palenzuela, Rafael Fernández, entre otros, sino entre los que también se encontraban Carlos Brito e Isabel Castells. Un equipo que durante las décadas de 1980 y 1990 obró el complejo, y acaso irrepetible, milagro del rescate, ordenamiento, estudio y normalización del espacio literario histórico de Canarias, especialmente el espacio referido a los periodos del modernismo, las vanguardias y las postvanguardias. Coincidiendo con el centenario del autor de *El lino de los sueños,* la revista *Syntaxis,* por ejemplo, en sus números 12 y 13 (1987), rescata algunas cartas del epistolario entre Quesada y Cansinos-Assens y algunos textos de su «prosa temprana». Es solo una muestra de este proyecto normalizador cuya monumentalidad y trascendencia no han sido explicadas bien todavía.

Por motivos que no vienen al caso —pero que al mismo tiempo dan cuenta de los problemas ingénitos y un tanto tribales a los que se enfrenta la difusión de los *clásicos* modernos canarios— el proyecto de Interinsular Canaria quedó tristemente truncado en los últimos años de la década de 1990, de manera que nunca vimos en esta colección la necesaria edición de la poesía completa de Alonso Quesada, por ejemplo.

En cuanto a los máximos especialistas en la figura de Alonso Quesada, además del profesor y poeta Andrés Sánchez Robayna, también el poeta y crítico canario Lázaro Santana ha estudiado la figura de Quesada y realizado incontables ediciones de sus obras.

Respecto a la elección de José Jorge Oramas para la cubierta de la novela, no fue en absoluto casual. Oramas y Alonso Quesada casi fueron coetáneos y aunque proceden de disciplinas distintas, sus poéticas se tocan muy profundamente: el fuerte colorismo y la creación de una atmósfera particular, a veces metafísica, son sus dos anclajes creativos. Ambos, además, son considerados hoy en día creadores geniales y ambos murieron jóvenes, de tuberculosis, dejando truncada la promesa de unas obras mucho más amplias y ricas de lo que ya son. En 1925, después de luchar denodadamente contra la tisis, muere, aún joven —con treinta y ocho años—, Alonso Quesada. En 1935, muere a los veinticuatro años —también por causa de la tuberculosis— José Jorge Oramas, dejando tras de sí una obra pictórica arrebatadora. Así sucede con una gran cantidad de autores canarios que fallecen de forma temprana, como Tomás Morales que muere en 1921 por septicemia, con apenas treinta y siete años; o el poeta Domingo López Torres —otro joven genio de obra truncada— que es asesinado en 1937 con treinta años. Poco después, con solo cuarenta y dos años, en la flor de sus capacidades creativas, fatigado por la máquina de persecución franquista, muere Agustín Espinosa en su casa de Los Realejos. Julio Antonio de la Rosa (fallecido a los veinticinco años), Ismael Domínguez (a los treinta), Ramón Feria (a los cuarenta), José Antonio Rojas (a los veinticuatro), Félix Delgado Suárez (a los treinta y cuatro), todos escritores o artistas que, a la vista de sus primeras creaciones, auguraban una trayectoria genial, diversa y abundante.

El dúo de la tos

Clarín

El gran hotel del Águila tiende su enorme sombra sobre las aguas dormidas de la dársena. Es un inmenso caserón cuadrado, sin gracia, de cinco pisos, falansterio del azar, hospicio de viajeros, cooperación anónima de la indiferencia, negocio por acciones, dirección por contrata que cambia a menudo, veinte criados que cada ocho días ya no son los mismos, docenas y docenas de huéspedes que no se conocen, que se miran sin verse, que siempre son otros y que cada cual toma por los de la víspera.

«Se está aquí más solo que en la calle, tan solo como en el desierto», piensa un bulto, un hombre envuelto en un amplio abrigo de verano, que chupa un cigarro apoyándose con ambos codos en el hierro frío de un balcón, en el tercer piso. En la oscuridad de la noche nublada, el fuego del tabaco brilla en aquella altura como un gusano de luz. A veces aquella chispa triste se mueve, se amortigua, desaparece, vuelve a brillar.

«Algún viajero que fuma», piensa otro bulto, dos balcones más a la derecha, en el mismo piso. Y un pecho débil, de mujer, respira como suspirando, con un vago consuelo por el indeciso placer de aquella inesperada compañía en la soledad y la tristeza.

«Si me sintiera muy mal, de repente; si diera una voz para no morirme sola, ese que fuma ahí me oiría —sigue pensando la mujer, que aprieta contra un busto delicado, quebradizo, un chal de invierno, tupido, bien oliente—. Hay un balcón por medio, luego es en el cuarto número 36. A la puerta, en el pasillo, esta madrugada, cuando tuve que levantarme a llamar a la camarera, que no oía el timbre, estaban unas botas de hombre elegante».

De repente desapareció una claridad lejana, produciendo el efecto de un relámpago que se nota después que pasó.

«Se ha apagado el foco del puntal —piensa con cierta pena el bulto del 36, que se siente así más solo en la noche—. Uno menos para velar; uno que se duerme».

Los vapores de la dársena, las panzudas gabarras sujetas al muelle, al pie del hotel, parecen ahora sombras en la sombra. En la oscuridad el agua toma la palabra y brilla un poco, cual una aprensión óptica, como un dejo de la luz desaparecida, en la retina, fosforescencia que padece ilusión de los nervios. En aquellas tinieblas, más dolorosas por no ser completas, parece que la idea de luz, la imaginación recomponiendo las vagas formas necesitan ayudar para que se vislumbre lo poco y muy confuso que se ve allá abajo. Las gabarras se mueven poco más que el minutero de un gran reloj, pero de tarde en tarde chocan, con tenue, triste, monótono rumor, acompañado del ruido de la marea que a lo lejos suena, como para imponer silencio, con voz de lechuza.

El pueblo, de comerciantes y bañistas, duerme; la casa duerme.

El bulto del 36 siente una angustia en la soledad del silencio y las sombras.

De pronto, como si fuera un formidable estallido, le hace temblar una tos seca, repetida tres veces como canto dulce de codorniz madrugadora, que suena a la derecha, dos balcones más allá. Mira el del 36, y percibe un bulto más negro que la oscuridad ambiente, del matiz de las gabarras de abajo. «Tos de enfermo, tos de mujer». Y el del 36 se estremece, se acuerda de sí mismo; había olvidado que estaba haciendo una gran calaverada, una locura. ¡Aquel cigarro! Aquella triste contemplación de la noche al aire libre. ¡Fúnebre orgía! Estaba prohibido el cigarro, estaba prohibido abrir el balcón a tal hora, a pesar de que corría agosto y no corría ni un soplo de brisa. «¡Adentro, adentro! ¡A la sepultura, a la cárcel horrible, al 36, a la cama, al nicho!».

Y el 36, sin pensar más en el 32, desapareció, cerró el balcón con triste rechino metálico, que hizo en el bulto de la derecha un efecto de melancolía, análogo al que produjera antes en el bulto que fumaba la desaparición del foco eléctrico del puntal.

«Sola del todo», pensó la mujer, que, aún tosiendo, seguía allí, mientras hubiera aquella compañía..., compañía semejante a la que se hacen dos estrellas que nosotros vemos, desde aquí, juntas, gemelas, y que allá en lo infinito, ni se ven ni se entienden.

Después de algunos minutos, perdida la esperanza de que el 36 volviera al balcón, la mujer que tosía se retiró también, como un muerto que en forma de fuego fatuo respira la fragancia de la noche y se vuelve a la tierra.

Pasaron una, dos horas. De tarde en tarde, hacia dentro, en las escaleras, en los pasillos, resonaban los pasos de un huésped trasnochador; por las rendijas de la puerta entraban en las lujosas celdas, horribles con su lujo uniforme y vulgar, rayos de luz que giraban y desaparecían.

Dos o tres relojes de la ciudad cantaron la hora; solemnes campanadas precedidas de la tropa ligera de los cuartos, menos lúgubres y significativos. También en la fonda hubo reloj que repitió el alerta.

Pasó media hora más. También lo dijeron los relojes.

«Enterado, enterado», pensó el 36, ya entre sábanas, y se figuraba que la hora, sonando con aquella solemnidad, era como la firma de los pagarés que iba presentando a la vida su acreedor, la muerte. Ya no entraban huéspedes. A poco, todo debía de dormir. Ya no había testigos; ya podía salir la fiera; ya estaría a solas con su presa.

En efecto, en el 36 empezó a resonar, como bajo la bóveda de una cripta, una tos rápida, enérgica, que llevaba en sí misma el quejido ronco de la protesta.

«Era el reloj de la muerte», pensaba la víctima, el número 36, un hombre de treinta años, familiarizado con la desesperación, solo en el mundo, sin más compañía que los recuerdos del hogar paterno, perdidos allá en lontananzas de desgracias y errores, y una sentencia de muerte pegada al pecho, como una factura de viaje a un bulto en un ferrocarril.

Iba por el mundo, de pueblo en pueblo, como bulto perdido, buscando aire sano para un pecho enfermo; de posada en posada, peregrino del sepulcro, cada albergue que el azar le ofrecía le presentaba aspecto de hospital. Su vida era tristísima y nadie le tenía lástima. Ni en los folletines de los periódicos encontraba compasión. Ya había pasado el romanticismo que había tenido alguna consideración con los tísicos. El mundo ya no se pagaba de sensiblerías, o iban estas por otra parte. Contra quien sentía envidia y cierto rencor sordo el número 36 era contra el proletariado, que se llevaba toda la lástima del público.

—El pobre jornalero, ¡el pobre jornalero! —repetía— y nadie se acuerda del pobre tísico, del pobre condenado a muerte de que no han de hablar los periódicos. La muerte del prójimo, en no siendo digna de la agencia Fabra, ¡qué poco le importa al mundo!

Y tosía, tosía, en el silencio lúgubre de la fonda dormida, indiferente como el desierto. De pronto creyó oír como un eco lejano y tenue de su tos... Un eco... en tono menor. Era la del 32. En el 34 no había huésped aquella noche. Era un nicho vacío.

La del 32 tosía, en efecto, pero su tos era..., ¿cómo se diría?, más poética, más dulce, más resignada. La tos del 36 protestaba; a veces rugía. La del 32 casi parecía un estribillo de una oración, un miserere; era una queja tímida, discreta, una tos que no quería despertar a nadie. El 36, en rigor, todavía no había aprendido a toser, como la mayor parte de los hombres sufren y mueren sin aprender a sufrir y a morir. El 32 tosía con arte; con ese arte del dolor antiguo, sufrido, sabio, que suele refugiarse en la mujer.

Llegó a notar el 36 que la tos del 32 le acompañaba como una hermana que vela; parecía toser para acompañarle.

Poco a poco, entre dormido y despierto, con un sueño un poco teñido de fiebre, el 36 fue transformando la tos del 32 en voz, en música, y le parecía entender lo que decía, como se entiende vagamente lo que la música dice.

La mujer del 32 tenía veinticinco años, era extranjera; había venido a España por hambre, en calidad de institutriz en una casa de la nobleza. La enfermedad la había hecho salir de aquel asilo; le habían dado bastante dinero para poder andar algún tiempo sola por el mundo, de fonda en fonda, pero la habían alejado de sus disciplinas. Naturalmente. Se temía el contagio. No se quejaba. Pensó primero en volver a su patria. ¿Para qué? No la esperaba nadie; además, el clima de España era más benigno. Benigno, sin querer. A ella le parecía esto muy frío, el cielo azul muy triste, un desierto. Había subido hacia el norte, que se parecía un poco más a su patria. No hacía más que eso, cambiar de pueblo y toser. Esperaba locamente encontrar alguna ciudad o aldea en que la gente amase a los desconocidos enfermos.

La tos del 36 le dio lástima y le inspiró simpatía. Conoció pronto que era trágica también. «Estamos cantando un dúo», pensó, y hasta sintió cierta alarma del pudor, como si aquello fuera indiscreto, una cita en la noche. Tosió porque no pudo menos, pero bien se esforzó por contener el primer golpe de tos.

La del 32 también se quedó medio dormida, y con algo de fiebre; casi deliraba también; también trasportó la tos del 36 al país de los ensueños, en que todos los ruidos tienen palabras. Su propia tos se le antojó menos dolorosa apoyándose en aquella varonil que la protegía contra las tinieblas, la soledad y el silencio. «Así se acompañarán las almas del purgatorio». Por una asociación de ideas, natural en una institutriz, del purgatorio pasó al infierno, al del Dante, y vio a Paolo y Francesca abrazados en el aire, arrastrados por la *bufera* infernal.

La idea de la pareja, del amor, del dúo, surgió antes en el número 32 que en el 36.

La fiebre sugería en la institutriz cierto misticismo erótico, ¡erótico! No es esta la palabra. ¡Eros! El amor sano, pagano, ¿qué tiene aquí que ver? Pero en fin, ello era amor, amor de matrimonio antiguo, pacífico, compañía en el dolor, en la soledad del mundo. De modo que lo que en efecto le quería decir la tos del 32 al 36 no estaba muy lejos de ser lo mismo que el 36, delirando, venía como a adivinar:

«¿Eres joven? Yo también. ¿Estás solo en el mundo? Yo también. ¿Te horroriza la muerte en la soledad? También a mí. ¡Si nos conociéramos! ¡Si nos amáramos! Yo podría ser tu amparo, tu consuelo. ¿No conoces en mi modo de toser que soy buena, delicada, discreta, casera, que haría de la vida precaria un nido de pluma blanda y suave, para acercarnos juntos a la muerte, pensando en otra cosa, en el cariño? ¡Qué solo estás! ¡Qué sola estoy! ¡Cómo te cuidaría yo! ¡Cómo tú me protegerías! Somos dos piedras que caen al abismo, que chocan una vez al bajar y nada se dicen, ni se ven, ni se compadecen... ¿Por qué ha de ser así? ¿Por qué no hemos de levantarnos ahora, unir nuestro dolor, llorar juntos? Tal vez de la unión de dos llantos naciera una sonrisa. Mi alma lo pide; la tuya también. Y con todo, ya verás como ni te mueves ni me muevo».

Y la enferma del 32 oía en la tos del 36 algo muy semejante a lo que el 36 deseaba y pensaba:

«Sí, allá voy; a mí me toca, es natural. Soy un enfermo, pero soy un galán, un caballero; sé mi deber, allá voy. Verás qué delicioso es, entre lágrimas, con perspectiva de muerte, ese amor que tú solo conoces por los libros y conjeturas. Allá voy, allá voy... si me deja la tos. ¡Esta tos...! ¡Ayúdame, ampárame, consuélame! Tu mano sobre mi pecho, tu voz en mi oído, tu mirada en mis ojos...».

Amaneció. En estos tiempos, ni siquiera los tísicos son consecuentes románticos. El número 36 despertó, olvidado del sueño, del dúo de la tos.

El número 32 acaso no lo olvidara, pero ¿qué iba a hacer? Era sentimental la pobre enferma, pero no era loca, no era necia. No pensó ni un momento en buscar realidad que correspondiera a la ilusión de una noche, al vago consuelo de aquella compañía de la tos nocturna. Ella, eso sí, se había ofrecido de buena fe, y aún despierta, a la luz del día, ratificaba su intención; hubiera consagrado el resto, miserable resto, de su vida a cuidar aquella tos de hombre. ¿Quién sería? ¿Cómo sería? ¡Bah! Como tantos otros príncipes rusos del país de los ensueños. Procurar verle..., ¿para qué?

Volvió la noche. La del 32 no oyó toser. Por varias tristes señales pudo convencerse de que en el 36 ya no dormía nadie. Estaba vacío como el 34.

En efecto, el enfermo del 36, sin recordar que el cambiar de postura solo es cambiar de dolor, había huido de aquella fonda, en la cual había padecido tanto como en las demás. A los pocos días dejaba también el pueblo. No paró hasta Panticosa, donde tuvo la última posada. No se sabe que jamás hubiera vuelto a acordarse de la tos del dúo.

La mujer vivió más: dos o tres años. Murió en un hospital, que prefirió a la fonda; murió entre Hermanas de la Caridad, que algo la consolaron en la hora terrible. La buena psicología nos hace conjeturar que alguna noche, en sus tristes insomnios, echó de menos el dúo de la tos, pero no sería en los últimos momentos, que son tan solemnes. O acaso sí.

Índice

Este libro
se terminó de imprimir
en Salamanca
en abril de 2025